L'ORPHELIN

ET

LES DUNKARS,

Par M^r. H. Magnien,

ORNÉ DE DEUX JOLIES GRAVURES A L'AQUA-TINTA.

Nous errons avec crainte et dans l'obscurité,
Sous l'astre impérieux de la nécessité.

TOME PREMIER.

PARIS,

LECOINTE et DUREY, quai des Augustins, n°. 49 ;
PIGOREAU, place St-Germain-l'Auxerrois, n° 27 ;
CORBET, quai des Augustins, n° 63 ;
BOSSANGE, rue de Richelieu ;
PÉLICIER, place du Palais-Royal, n° 14 ;
TENON, rue Hautefeuille, n°. 30 ;
GARNIER, Cour des Fontaines ;
HUBERT, Galerie de Bois, Palais-Royal ;
LES ÉDITEURS DE *la Nouvelle Année Litté-
raire*, rue Meslay, n° 24.

OCTOBRE 1827.

L'ORPHELIN

ET

LES DUNKARS.

3808

IMPRIMERIE DE J.-S. CORDIER fils.,
RUE THÉVENOT, N°. 8.

Ô ma Mère.... ma Mère....

L'ORPHELIN

ET

LES DUNKARS,

Par M. H. Magnien,*

ORNÉ DE DEUX JOLIES GRAVURES A L'AQUA-TINTA.

Nous errons avec crainte et dans l'obscurité,
Sous l'astre impérieux de la nécessité.

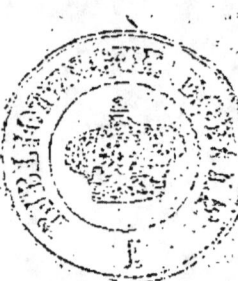

TOME PREMIER.

PARIS,

LECOINTE et DUREY, quai des Augustins, n°. 49;
PIGOREAU, place St-Germain-l'Auxerrois, n° 27;
CORBET, quai des Augustins, n°. 63;
BOSSANGE, rue de Richelieu;
TENON, rue Hautefeuille, n°. 30;
PÉLICIER, place du Palais-Royal, n°. 14;
GARNIER, cour des Fontaines;
HUBERT, galerie de bois, Palais-Royal;
LES ÉDITEURS DE *la Nouvelle Année Littéraire*, rue Meslay, n°. 24.

OCTOBRE 1827.

INTRODUCTION.

En 1735, époque à laquelle
notre auteur fait passer l'action
de son roman, la Pensylvanie
(province de l'Amérique sep-
tentionale, comprise aujour-
d'hui dans la république des
Etats-Unis), appartenait encore à l'Angleterre, dont elle
était une des plus riches et des
plus importantes colonies.

Les villes étaient alors gou-
vernées par des magistrats, et

I.   1

les villages par de simples ju-
ges-de-paix.

Un phénomène assez extra-
ordinaire dans les fastes des
nations, c'était de voir réunis
des hommes de tous les pays,
vivant d'accord entr'eux, malgré les différences d'habitudes,
de mœurs, de langage, et surtout de religion.

Philadelphie, capitale de la
province, renfermait à la fois
dans son sein des Anglais, des
Ecossais, des Irlandais, des
Allemands, des Suédois, des
Hollandais, des Français, des

Palatins, et des nègres, ces derniers en petit nombre, il est vrai.

L'intérieur du pays était habité par diverses tribus d'Indiens à demi-civilisés, et par quelques peuplades plus sauvages.

Une véritable harmonie régnait au milieu de tant d'élémens contraires, et qui, au premier abord, semblent plutôt faits pour s'éloigner et se combattre que pour se rapprocher et se réunir.

Tel est pourtant le résultat

heureux du bienfaisant sys-
tême de la tolérance !

Là, toutes les opinions étaient
également respectées, toutes
les croyances également per-
mises, toutes les sectes également protégées; aussi point de
jalousie, de haine, ni de réac-
tions; catholiques, protestans,
juifs, luthériens, puritains, etc.
se livraient tranquillement aux
pratiques religieuses de leurs
ancêtres, chacun de son côté,
suivant sa conscience, et sans
chercher à lire dans celle des
autres. On n'en remplissait pas

moins tous les devoirs de ci-
toyens, de parens, d'amis et
de sujets fidèles.

Outre la secte des Quakers
et celle des Moraves qui avaient
entr'elles beaucoup de ressem-
blances et de rapport, il en
existait une autre dont il sera
souvent question dans le cours
de cet ouvrage et dont il est
bien de dire d'avance quelques
mots.

Ces nouveaux sectateurs s'ap-
pelaient *Dumplars* ou *Dunkars*; ils habitaient *Ephrata*,
petite ville bâtie entre deux

montagnes sur la frontière du
comté de Lancastre, à 50 milles de Philadelphie, l'espace
de terrain qu'elle occupait était
d'environ 250 acres, elle était
isolée d'un côté par une rivière
et un fossé, de l'autre par une
hauteur couverte d'arbres.

Un ermite allemand qui s'é-
tait établi dans cet endroit fut
le fondateur de la secte. La
réputation qu'il se fit dans
cette solitude, excita la curiosité de quelques-uns de ses com-
patriotes, la simplicité de sa
vie, l'innocence de ses mœurs

et la piété de sa conversation,
leur fit naître le désir d'habiter
avec lui et d'imiter son exemple. Un peuple qui avait quitté
sa patrie pour jouir de la liberté
de conscience ne pouvait re-
douter aucune sorte de privations, de mortifications. Les
Allemands des deux sexes qui
s'étaient joints au pieux Céno-
bite formèrent bientôt une espèce de colonie à part.

A l'époque dont nous par-
lons, ils étaient au nombre de
trois cents; l'industrie était une
partie de leurs devoirs, le tra-

vail et la prière remplissaient
tous leurs momens, ils avaient
élevé une petite chapelle et s'y
rendaient exactement deux fois
le jour, et deux fois pendant
la nuit, à des heures mar-
quées.

Les profits qu'on faisait
étaient déposés au trésor commun qui suppléait aux besoins
publics et particuliers.

Les maisons étaient de bois,
à trois étages, et chaque personne avait un appartement
séparé pour ne pas être trou-
blée dans ses méditations.

Les femmes logeaient dans un quartier à part, et qui leur était spécialement consacré. Elles ne voyaient les hommes qu'à l'église; toutefois on était libre de se marier, mais les époux étaient obligés de sortir sur le champ d'Ephrata; ce qui n'empêchait pas de les nourrir aux frais communs, dans l'endroit qu'ils avaient choisi pour demeure hors de la ville.

L'habillement des Dunkars consistait en une longue robe de laine blanche pour l'hiver, et de toile pour l'été avec une espèce de cape qui servait de chapeau, et qui ayant la forme d'un capuchon, était attachée autour du corps par une ceinture sous la robe ; ils avaient un habit et des culottes pareillement de toile, et de gros souliers. Le costume des femmes ne différait pas essentiellement de celui des hommes ; quand elles sortaient, elles se cachaient le visage en rabattant leur capuchon.

Les *Dunkars* ne mangeaient point de viande ; ils ne se nourrissaient que de végétaux. Les hommes laissaient croître leur barbe; ils couchaient tout habillés sur des planches; en guise d'oreillers, ils plaçaient sous leurs têtes de petits paquets de laine qui ne servaient qu'à cet usage. Du reste, ils vivaient en bons chrétiens : ils pratiquaient le baptême par l'immersion ; mais il fallait être adulte pour le recevoir. Ils croyaient que les âmes des fidèles étaient occupées dans l'autre monde à convertir celles des hérétiques. Ils n'admettaient point la damnation éternelle, ils pensaient seulement que la durée des peines était proportionnée à la grandeur des fautes, et que les châtimens infligés aux coupables mêmes les plus endurcis dans le crime, avait toujours un terme, la vie éternelle étant réservée à tous les hommes.

Ils exerçaient l'hospitalité avec plaisir et désintéressement, ne voulant jamais rien recevoir des étrangers.

(Voir les récits des voyageurs et des historiens.)

L'ORPHELIN

ET

LES DUNKARS.

~~~~~~

CHAPITRE PREMIER.

Le clair de lune.

C'ÉTAIT sur le soir, en 1735, au commencement de septembre ; la nature était encore soumise à l'empire brûlant de l'été.

Les habitans de Philadelphie, que le travail et la chaleur du jour retenaient chez eux depuis le matin, maintenant sortent en foule

de leurs maisons et ne tardent pas
à inonder de leurs flots tumultueux
les rues, les carrefours, les places
publiques, toutes les promenades.

On se presse sur les quais ma-
gnifiques, immenses, qui bordent
d'un côté la Deleware, et de l'autre
la Schuylkill. (Ces deux rivières
baignent la ville à l'est et à l'ouest,
et lui servent d'appui.)

C'est là surtout que le concours
est prodigieux! c'est aussi là que
le spectacle d'une belle soirée offre
un coup-d'œil plus imposant, plus
majestueux, et qu'il est en même
temps plus étendu, plus varié.

Ces groupes nombreux de gens
de toutes les nations, de tous les

langages, de tous les costumes, de toutes les classes, de tous les âges, de toutes les professions, hommes, femmes, vieillards, enfans, bourgeois, marchands, militaires, marins, ouvriers, qui tour-à-tour ou même à la fois, courent, marchent, s'arrêtent, se poussent, se croisent, se rencontrent, se joignent, se séparent; ce ciel pur et sans nuage du côté du levant; au couchant, cet horison enflammé, rougi des derniers feux du flambeau du monde; ces nombreux bateaux de promeneurs, ces barques légères et rapides qui glissent sur l'onde en mille sens divers, ces bricks, ces trois-mâts qui naviguent au

loin et cinglent vers le port : le
bourdonnement confus de cette
masse de peuple qui couvre le rivage, le bruit des vagues, celui des
rames, le froissement des voiles et
des cordages agités par le vent frais
du soir, tout donne à ce tableau
animé quelque chose d'enchanteur
et de vraiment pittoresque.

Au moment de terminer sa bril-
lante mission, l'astre radieux du
jour répand autour de lui de nouveaux torrens de lumière; il semble jeter un nouvel éclat. Les derniers rayons qu'il darde avec force
sur la plaine liquide, donnent aux
vagues lointaines la teinte jaunâ-
tre de l'or, tandis que sur la rive

opposée le fleuve se blanchit en quelque sorte à la pâle et naissante clarté de la lune, dont le disque argenté se réfléchit dans l'onde fugitive.

Bientôt la scène change entièrement; la nuit étend son manteau étoilé sur la voûte céleste; le soleil a disparu; Phébée règne seule en souveraine au milieu du vaste éthérée.

I.   1*

CHAPITRE II.

Le navire aux voiles noires.

QUEL est ce bâtiment qui fixe tous les regards? comme il vogue avec rapidité! il semble effleurer à peine le flot caressant qui le porte. Il laisse bien loin derrière lui les autres navires et même les petites embarcations qui le devançaient de beaucoup il n'y a qu'un moment. Il entrera le premier dans le port.

Tandis qu'il approche, on cherche à distinguer son pavillon à la

lueur incertaine du nocturne flambeau. (La lune brillait alors de
tout son éclat au milieu d'un ciel
pur et sans nuages); on reconnaît
les couleurs de l'Irlande, elles flot-
tent majestueusement dans l'air;
mais d'où vient que les voiles sont
toutes noires?... pourquoi cet ap-
pareil de deuil? que signifie ce
crêpe sinistre attaché à la poupe
et aux mâts! quel vaste champ ou-
vert aux conjectures de toutes sor-
tes!... la curiosité augmente, et
la foule grossit; les deux côtés du
fleuve sont couverts de monde.

Enchaînés par la main puissante
d'Éole, les vents, tout à l'heure
encore si favorables, ont cessé

tout-à-coup de souffler; le calme
règne à son tour. Le mystérieux
bâtiment ralentit sa marche... il
ne s'avance plus qu'avec lenteur
et péniblement... bientôt il s'arrête tout-à-fait. Une chaloupe se
détache du navire, elle se dirige
à force de rames vers le rivage.
Quels sont les étrangers qu'elle
porte? ils ne tarderont pas à tou-
cher la terre..... le cable des ha-
leurs est jeté... on débarque.

~~~~~~~~~~~~~~~~~~~~~~~~~~~~~~~~~~~~~

CHAPITRE III.

Le jeune inconnu.

LA première personne, parmi les passagers, qui foule à ses pieds le sable humide du rivage, est un jeune homme de vingt-deux à vingt-trois ans au plus.

Il est vêtu de noir, ses traits nobles et pleins de douceur, respirent une mélancolie profonde; ils sont altérés par le chagrin : à peine à l'aurore de sa vie, il a déjà connu le malheur.

Que son émotion semble vive à l'aspect des lieux qui l'entourent!

comme l'agitation de son âme se
peint dans ce regard attendri et
ce tremblement convulsif de tous
ses membres ! de sourds gémisse-
ments s'échappent de sa poitrine
oppressée, de grosses larmes rou-
lent dans ses yeux, il élève les
mains au ciel, et s'inclinant ensuite vers la terre :

« Salut, sol sacré de la patrie,
« s'écrie-t-il (et sa voix a le véri-
« table accent du cœur), salut,
« berceau de mon enfance! rivages
« chers et funestes qui reçûtes
« mon premier cri et le dernier
« soupir de ma mère!! »

Il dit, et reste quelque temps
plongé dans une sorte de médita-

tion profonde dont rien ne peut le distraire.

Un mouvement de surprise et d'intérêt agite les nombreux témoins de cette scène pénible. On respecte la douleur du jeune inconnu, la foule s'éloigne en silence et se tient à l'écart, sans toutefois le perdre entièrement de vue.

~~~~~~

CHAPITRE IV.

Le vieux serviteur.

Un vieillard sort à son tour de la chaloupe, après avoir remis quelques papiers à l'officier du port. Il se hâte, autant que le permet son grand âge, de rejoindre le jeune étranger; il l'appelle, l'encourage, le presse sur son sein et dans ses bras tremblans :

« O mon fils! ô mon maître! »

Ce sont les seuls mots que puisse d'abord prononcer le vieillard d'une voix entrecoupée par les sanglots; puis, après avoir donné

un libre cours à ses pleurs, il re-
cueille ses forces et reprend de la
sorte :

« Du courage, cher enfant !
« vous en avez besoin.... nous
« sommes arrivés au terme de no-
« tre voyage. »

— O mon ami, (répond le
jeune homme en lui serrant la
main avec affection;) tu sais combien j'ai désiré ce moment! dé-
voué à l'infortune dès ma naissance, mes jours s'éteignent in-
sensiblement dans une langueur
mortelle.... une tombe étrangère
ne doit point s'ouvrir pour moi,
celle de ma mère va bientôt s'offrir à nos regards.... elle m'attend

I.   2

cette mère chérie dont je n'ai pu
recevoir les tendres caresses, grâce
au sort impitoyable qui me pour-
suit.... elle m'appelle du fond de
son tombeau.... j'ai traversé les
mers pour venir la rejoindre.... il
me tarde de nous voir à jamais
réunis dans la nuit éternelle.

— Écartez de votre esprit ces
sombres pensées. En approuvant
le sentiment de piété filiale qui
vous engage à visiter les lieux où
reposent les restes inanimés de
celle qui vous donna le jour, j'es-
pérais que l'éloignement servirait
à vous faire perdre le souvenir des
maux que vous avez soufferts en
Irlande. Le bonheur, il est vrai,

vous a fui jusqu'à ce jour; mais qui peut lire dans les décrets immuables de la divine providence? un avenir plus heureux vous est peut-être réservé.

— Jamais, jamais ; la main de la fatalité s'est appesantie sur moi !

— Cher maître, il se fait tard, nos malles sont débarquées, on vient de m'indiquer un hôtel, il faut nous y rendre avant que la nuit soit entièrement close, du moins, vous prendrez quelque repos.

— Non, mon vieil ami, un devoir plus sacré nous réclame ; hâtons-nous de le remplir, tu m'as promis de me conduire au triste et modeste séjour....

—Je vous entends... je tiendrai ma promesse.... partons.

CHAPITRE V.

La tombe d'une mère.

LE jeune inconnu prête l'appui
de son bras au vieux serviteur ;
tous deux, pressant leur marche,
traversent rapidement la foule qui
s'écarte d'elle-même pour leur
ouvrir un passage. En effet, l'intérêt qu'ils inspirent est si général,
que, sans les connaître, chacun
d'avance est disposé à leur être
utile ; ce désir l'emporte même sur
la curiosité. On voit leur empressement de s'éloigner, et, sans en
deviner le motif, on craint de re-
tarder leurs pas.

Après avoir silencieusement parcouru les principaux quartiers de la ville, le vieillard s'arrête un moment comme pour s'orienter, il quitte le bras de son jeune maître, interroge d'un regard incertain et inquiet les rues et les monumens qui l'entourent, et cherche à rappeler dans son esprit d'anciens souvenirs qui lui échappent; enfin, un faible rayon du passé vient luire à sa mémoire : « c'est de ce côté, « dit-il, en montrant une des « portes qui conduit hors des murs; « je vais vous servir de guide, sui- « vez-moi. »

Les voilà dans la campagne! une croix qui s'élève au milieu d'un

vaste enclos planté de saules pleu-
reurs et de tristes cyprès fixe bientôt leur attention : « c'est donc ici,
« dit le jeune homme, d'une voix
« étouffée ? »

— Oui, cher et malheureux enfant.... nous sommes arrivés au
champ du repos.

— Entrons vîte, je crains que
mes forces m'abandonnent ! mon
sein bat avec violence... un frisson
inconnu glace tous mes sens... mes
jambes affaiblies me refusent leur
secours ; mes genoux fléchissent....
je puis à peine me soutenir... quel
silence effrayant...! la mort seule
règne en ces lieux... ces noirs cyprès et ces tombes blanchâtres for-

ment un contraste pénible, et qui
ajoute encore aux mélancoliques
pensées... que faites-vous, mon
vieil ami..? vous courbez vers le
sol votre tête vénérable.... vos
mains, que l'âge a rendu trem-
blantes , s'efforcent d'écarter la
ronce et l'herbe inculte qui cou-
vrent cette pierre funèbre; quelle
idée pénètre mon âme..! c'est peut-
être là que ma mère..? vous ne
répondez point, vos sanglots seuls
parlent à mon cœur éperdu... plus
de doute..! ô mon Dieu, je te remercie..! j'ai donc assez vécu pour
embrasser du moins la tombe de
ma mère !

~~~~~~

CHAPITRE VI.

Une apparition.

« O ma mère ! ma mère ! » s'é-
tait écrié le jeune inconnu, en se
prosternant au pied du modeste
tombeau. Sa bouche ne put prononcer que ce peu de mots ; absorbé par sa douleur, il resta quelque temps plongé dans un recueil-
lement profond.

Le vieillard, debout près de lui,
les mains jointes et les yeux levés
vers le ciel, semble appeler sur
l'orphelin un regard favorable de
la divinité, tandis que ce dernier,

sous le charme d'une douce illusion, croit voir la bénédiction maternelle descendre du séjour des bienheureux.

Un léger bruit dans le feuillage vient tout-à-coup l'arracher à sa pieuse rêverie. Il lève machinalement la tête... quelle est sa surprise ! à la pâle lueur de la lune, ses regards devinent plutôt qu'ils ne distinguent, dans l'ombre d'un taillis épais, comme une grande figure blanche qui se détache des masses de verdure , s'avance lentement, s'arrête à quelques pas, le fixe d'un air attendri , étend vers lui les bras , laisse échapper de sa poitrine un

sourd gémissement, et soudain...
disparaît ! ! !

Frappé de cette étrange apparition, qu'il ne peut, et qu'il craint
de s'expliquer à lui-même, notre
jeune orphelin n'ose faire un mouvement ; il écoute, regarde, écoute
encore, il respire à peine, il
cherche à se persuader qu'il vient
d'être le jouet d'une vision fantas-
tique, et pourtant, cette idée ne
le satisfait pas ; doit-il récuser entièrement le témoignage de ses
yeux ? Il interroge son vieux serviteur :

« Williams...! mon cher Wil-
« liams !... pardonne ma question ?
« n'as-tu rien vu d'extraordinaire !

« là..! près de moi... dans ce mas-
« sif de verdure ? »

(*Et il attend sa réponse avec une
anxiété difficile à décrire*).

—Non, sir Arthur... je n'ai
rien vu.

—C'est singulier..? je croyais...!
je me suis trompé.

— Vous paraissez bien ému...?

— « Il est vrai, un trouble in-
« volontaire... viens, viens, quit-
« tons ces lieux ; l'heure avancée
« nous oblige de nous en éloigner,
« mais demain, tous les jours, ils
« recevront le tribut de mes lar-
« mes brûlantes; ne renferment-
« ils pas ce que j'ai de plus pré-

« .cieux au monde ! adieu , ma
« mère, adieu!... »

Il salue d'un dernier baiser la
pierre froide et inanimée, puis
s'éloigne rapidement, suivi du bon
Williams, qui, malgré sa grande
vieillesse trouve toujours des forces pour accompagner partout son
maître chéri.

CHAPITRE VII.

Suite de l'apparition.

Nos voyageurs étaient à peine sortis de l'enceinte mortuaire, que s'arrêtant tout-à-coup, Williams prend la parole en ces termes :

« Eh ! bien, sir Arthur, vous
« gardez le silence! m'expliquerez-
« vous enfin cette émotion subite,
« cette terreur secrète que vous
« cherchez vainement à repousser
« de votre cœur. Une sorte d'in-
« quiétude vague et dont je ne
« puis pénétrer la cause se peint
« malgré vous dans vos regards,

« elle perce dans chacun de vos
« mouvemens, votre démarche
« même la trahit... tout, jusqu'à
« ce pas incertain, brusque, inégal,
« me prouve aisément et me fait
« assez deviner l'agitation extrême
« de votre esprit; eh! quoi! vous
« vous taisez encore! pour la pre-
« mière fois, vous craignez de me
« laisser lire dans votre âme. Con-
« fident jusqu'à ce jour de vos
« moindres pensées, de toutes vos
« sensations, j'ai partagé vos pei-
« nes, j'ai su quelquefois les
« adoucir; vous ne l'avez point
« oublié. Mon cher maître! quels
« que soient les motifs du trouble
« de vos sens, n'hésitez point à me

« les faire connaître. Qu'un doux
« épanchement dans le sein de vo-
« tre vieux serviteur, de votre
« ami..! vous me l'avez donné ce
« titre qui m'honore... et peut-être
« m'en suis-je rendu digne par les
« soins prodigués à votre enfance
« et par mon dévouement absolu.
« N'aurais-je donc plus les mêmes
« droits à votre confiance.

— Que dis-tu, bon Williams ?
tu n'as pas cessé de m'être cher !
(interrompt vivement Arthur en
serrant la main du vieillard dans
la sienne), tu seras toujours mon
meilleur ami; hélas! tu fus le seul..!
garde-toi bien d'attribuer à une
injurieuse défiance de ma part

cette réserve qui t'afflige. Écoute,
je dois te l'avouer, j'aurais voulu
te laisser ignorer le trouble qui
m'agite, j'aurais voulu me le ca-
cher à moi-même; j'ai honte de
ma faiblesse.... il m'en coûte de
la dévoiler à tes yeux. Si je parle,
tu vas traiter mon récit d'erreur mensongère, d'une imagination frappée... tu refuseras de
me croire; le mot de visionnaire
sortira de ta bouche, et cependant
je n'en conserverai pas moins
l'idée....

— Quel langage! vous m'étonnez, sir Arthur! que vous est-il
donc arrivé?

— Tu veux le savoir?

I.   2.

— Je vous en prie.

— Apprends donc.... mais, Dieu!
je ne me trompe point.... encore
cet être mystérieux!...

— Que dites-vous?

— Tiens, regarde toi-même, là,
de ce côté.

Williams se retourne; il par-
tage la surprise de son maître en
apercevant, quelques pas derrière eux, un personnage entièrement vêtu de blanc et dont il ne
peut distinguer les traits.

« O ma mère! (s'écrie Arthur,
« en tendant des mains supplian-
« tes vers cette espèce de fantôme
« qui semble l'écouter immobile
« et silencieux) s'il est vrai que,

« par une faveur particulière du
« ciel, il te soit permis d'aban-
« donner un moment le noir pays
« des ombres pour te montrer à
« ton malheureux fils, laisse du
« moins tomber sur lui quelques
« paroles de consolation ; laisse-
« lui contempler ton image chérie.
« Il n'a pu la connaître que par le
« souvenir inanimé de la pein-
« ture ; il a longtemps souri, plein
« d'amour, à cette consolante illu-
« sion : que la réalité vienne com-
« bler ses vœux pendant quelques
« instans ; il aura connu le bon-
« heur sur cette terre d'épreuves ! »

Il dit, et fait un mouvement
vers la figure blanche ; mais elle

recule à mesure qu'il approche.

Onze heures sonnent à l'horloge du cimetière ; on va fermer les portes de la ville : il faut rentrer. Williams et son maître retournent promptement à Philadelphie. D'une course rapide, ils traversent le quartier qu'ils ont déjà parcouru en se rendant au champ du repos ; ils ont bientôt gagné l'hôtellerie où ils sont attendus avec impatience depuis leur débarquement. Au moment de frapper, ils jettent autour d'eux un regard curieux et inquiet, la figure blanche est encore là, pousse un soupir et disparaît au détour d'une rue voisine !

On ouvre à nos voyageurs ; ils

montent à leur chambre, l'esprit
encore troublé d'une apparition
aussi singulière.

~~~~~~

CHAPITRE VIII.

Un mot au lecteur.

JE vous entends murmurer contre moi, cher lecteur : « encore
« des histoires de revenans..! ressort
« sort commun et usé...! c'est un
« roman du vieux genre, des re-
« venans! au dix-neuvième siè-
« cle...! c'était bon pour l'ancien
« régime... aujourd'hui, l'on n'y
« croit plus. »

— Eh! bon dieu, messieurs et
mesdames, je sais fort bien que de
nos jours, grâce à certains *beaux*
esprits et à quelques *esprits forts*,

on a cessé de croire aux *esprits follets*, aux fantômes, aux farfadets... etc. Rassurez – vous, ma *figure blanche* n'a rien de surnaturel... un peu de patience seulement, tout s'expliquera en temps et lieu „ vous verrez que dans mon livre il n'y a pas même *l'ombre* d'un *revenant*. Vous voilà un peu tranquillisés, n'est-ce pas? reprenez donc vos *esprits ;* moi, je reprends le fil de ma narration.

~~~~~~

CHAPITRE IX.

Maître Flanberck et sa femme.

LA maison qu'habitait sir Arthur à Philadelphie s'appelait l'*hôtel de l'Europe;* c'était une des
meilleures auberges de la ville :
on y logeait en garni ; Williams y
avait fait retenir d'avance, à la
sortie du navire, un appartement
pour son maître.

L'hôte, d'origine hollandaise,
mais naturalisé fort jeune dans le
pays, où son établissement pros-
pérait depuis nombre d'années,
était un gros réjoui, à la face ru

biconde, et dont toute la personne
respirait un air de santé qui faisait
plaisir à voir. Il se tenait d'habitude sur sa porte à regarder les
passans, de sorte qu'il était devenu comme une enseigne vivante
qui donnait aux voyageurs une
fort bonne opinion de la cuisine
du logis, et leur inspirait le désir d'en faire l'épreuve par eux-
mêmes.

Ajoutez à cela que maître Flanberck, (c'est ainsi que se nommait
notre aubergiste,) avait eu le bon
esprit d'épouser une jeune et jolie
miss, dont les beaux yeux attiraient
les chalands et les fixaient quelque
temps à *l'hôtel de l'Europe.* Au

lieu de se mettre *martel en tête* à
la vue des amateurs nombreux qui
assiégeaient à toute heure le comptoir de sa chère moitié, maître
Flanberck était assez raisonnable
pour s'en applaudir tout bas. Il y
trouvait trop bien son compte,
pour avoir la sottise de se montrer
jaloux. En effet, son calcul était
fort simple ; il se disait à part lui :
« Ces messieurs ne peuvent entrer
« et rester chez moi que sous deux
« prétextes, soit pour loger, soit pour
« consommer ; donc plus ma femme
« aura d'adorateurs, plus j'aurai de
« consommateurs et de locataires.
« Or, si madame Flanberck paraît
« tant soit peu coquette, ce n'est

« que *pour la forme* seulement ;
« car je sais fort bien qu'*au fond*
« c'est la vertu même, c'est une
« justice à lui rendre ; et d'ail-
« leurs, lorsqu'il s'agit d'une belle
« propriété, on peut bien en lais-
« ser la vue aux autres, dès que
« l'on est sûr d'en conserver la
« jouissance. »

On voit, d'après ce petit *collo-
que mental,* que maître Flanberck
était aussi bon logicien, que spé-
culateur adroit.

~~~~~~

CHAPITRE X.

Le gascon.

C'ÉTAIT le lendemain de l'arrivée de sir Arthur et de Williams; dix heures sonnaient à *l'hôtel de l'Europe :* les servantes étaient sur pied depuis longtemps, madame Flanberck était déjà installée dans son comptoir; son tranquille époux occupait son poste ordinaire; il se promenait de long en large et prenait le frais devant le seuil de la maison, faisant *son office d'enseigne* le mieux du monde, et fumant son dernier paquet de cigares avec un flegme vraiment hollandais. Les déjeûners à *table d'hôte* se servaient à dix heures et demie ; les locataires commensaux et les habitués du dehors se rendent peu à peu dans la grande salle : ils y sont bientôt tous réunis. Les uns lisent les journaux ou parlent politique, les autres se demandent le prix du grain, le cours des marchandises, ou s'entretiennent des arrivages de la veille, des expéditions maritimes, etc. etc. D'autres consultent gravement le baromètre ou le thermomètre, ce qui leur fournit un aliment fort agréable de conversation ; la pluie et le beau temps, le chaud et le

froid sont des sujets sur lesquels
ils s'étendent avec complaisance ,
et qui pour eux sont intarissa-
bles : d'autres enfin content fleu-
rettes à la belle aubergiste, et lui
débitent mille *fadeurs* qu'elle veut
bien prendre pour des *douceurs ;*
mais qu'au grand regret de certain
Gascon, dont la bourse était pour
le moins aussi maigre que le
corps, (ce qui n'est pas peu dire)
elle n'a pas l'habitude de prendre
pour *argent comptant.*

Cet enfant perdu des bords de
la Garonne, avait longtemps at-
tendu la fortune dans son lit;
mais moins heureux en cela que
l'homme du bon Lafontaine, il

n'y avait pas reçu la visite de l'a-
veugle et volage déesse, et voyant
qu'elle ne se pressait point de venir le trouver, il avait cru plus
sage de courir après elle; il s'é-
tait donc embarqué sur un bâtiment qui faisait voile de Bordeaux
pour l'Amérique; et comme tant
d'autres, il avait été chercher la
fortune dans le Nouveau-Monde.

Arrivé en Pensilvanie, son premier soin fut de se rendre dans
la capitale de cette province, es-
pérant y trouver plus de ressour-
ces que partout ailleurs; mais
hélas! il lui fallut bientôt reconnaître, qu'au Nouveau-Monde
comme dans l'ancien, en Amé-

rique comme en Europe, à Philadelphie comme à Bordeaux, on ne
fait pas *grand chose* avec *rien*. Il
possédait quelques connaissances
et ne manquait pas d'esprit, mais
il était un peu court en espèces.

« Or, l'esprit sans argent n'est qu'une maladie.»

Le pauvre Dulac n'avait pas
tardé à s'en apercevoir. Depuis
près de six mois qu'il avait aban-
donné ses *pénates*, il avait eu
le temps d'user sa garderobe et
d'épuiser sa bourse; il était sans
protecteur, et conséquemment
sans emploi, sans crédit, sauf
celui que monsieur et madame
Flanberck lui faisaient depuis trois

semaines; mais le mois tirait à sa fin, *le quart d'heure de Rabelais* ne tarderait pas à avoir son tour, le mémoire lui serait présenté....! comment se tirer de là! Encore, si maître Flanberck était homme à se payer de quelques gasconnades! du moins Dulac serait *en fonds;* malheureusement c'est *une monnaie* qui n'a pas cours en Amérique.

Il y avait de quoi *perdre la tête;* aussi notre Gascon avait-il *perdu sa gaîté*. Malheureusement, il n'avait pas *perdu son appétit* qui semblait, au contraire, augmenter avec son chagrin, de sorte que Dulac travaillait chaque jour à

grossir son mémoire. Cette idée le
faisait frémir; il avait bien eu
quelquefois la bonne intention de
se restreindre et de se mettre au
régime; mais son estomac peu
complaisant n'avait pas voulu se
prêter à la circonstance... Dulac
avait dû céder; d'ailleurs il s'était
fait une raison, une espèce de
philosophie... et il s'efforçait d'ou-
blier, dans l'abondance du présent, la disette présumée de l'a-
venir.

Toutefois, il paraissait triste et
soucieux; seul, dans une embrâ-
sure de fenêtre, il se livrait à de
piteuses réflexions, et calculait
avec effroi le peu de jours qui lui

restaient encore à vivre..... à crédit..... chez monsieur et madame
Flanberck.

CHAPITRE XI.

Le marin.

Dans le coin opposé, à l'autre bout de la salle, un autre Français d'un caractère bien différent, marin de profession, homme d'une brusque franchise, très-laconique dans ses paroles et très-vif dans ses actions, observait attentivement ce qui se passait autour de lui et ne disait mot.

Cependant la gentille hôtesse agite entre ses jolis doigts une petite sonnette argentée qu'elle prend sur son comptoir; à ce signal, maître

Flanberck revient du dehors pour
faire les honneurs du déjeûner.
On dresse le premier service, les
convives s'asseyent; le bruit des
assiettes et le choc des verres suc-
cèdent à la conversation, le plus
beau silence règne dans l'assemblée... et pourtant tout le monde
a la bouche ouverte... mais c'est
pour manger seulement, occupa-
tion presqu'aussi intéressante que
celle de causer, et beaucoup plus
essentielle sans contredit.

Tout à coup, maître Flanberck
se ravise; il se tourne vers sa
femme : « eh! mais, chère amie,
« s'écrie-t-il, en s'arrêtant tout
« court au moment de servir le

« pauvre Dulac, qui resta le col
« tendu, le bras avancé :

Et sa tasse à la main demandant la théière.

« Nous n'y pensons pas ! et ce
« jeune étranger, arrivé d'hier
« soir.. ! nous ne l'avons pas fait
« prévenir. »

— Tu as raison, monsieur Flanberck, je l'avais oublié, (*elle
appelle*) Lisbeth ! montez à la
chambre de ce monsieur, et de-
mandez-lui s'il veut déjeûner à
table d'hôte?

— Oui, madame.

— Je ne crois pas qu'il descen-
de, reprit le gros aubergiste... il
n'a pas l'air d'aimer beaucoup la

compagnie. As-tu remarqué comme il paraissait triste et rêveur..? il est aussi sombre que ses vêtemens, qui sont tous noirs depuis le haut jusqu'au bas.

— Sans doute, que je l'ai remarqué, réplique la dame à son tour. Le pauvre jeune homme ! il m'a vraiment intéressée , attendrie..!

— A propos, a-t-il donné son nom ?

— Oui, mon ami, je l'ai même enregistré.

—Pardon, monsu, si jé vous interromps, mais dépuis une hure jé suis dans uné posture assez fatiganté... et d'aillurs lé thé, il sé réfroidit; (c'est le Gascon qui parle.)

— Ah! monsieur, je suis au désespoir... je ne vous voyais pas... avancez encore un peu le bras, que je vous verse...

— Très-volontiers, monsu.

— Le voilà... dit madame Flanberck, après avoir feuilleté ses livres..., je l'ai trouvé.

— Trouvé, quoi? (demande son mari, en posant de nouveau la théière sur la table, sans avoir servi le gascon).

— Le nom de ce monsieur; il s'appèle sir Arthur.

— Ah! ah!... (s'écrie à ce nom

le marin, avec l'accent de la surprise.)

— Monsieur..! dit Dulac, d'un
air suppliant, en montrant sa tasse
vide à l'hôte un peu distrait.

— Je suis à vous, monsieur ;
(*et maître Flanberck reprend la*
théière ; sa femme de continuer :)

— Le vieux domestique s'appèle
Williams.

— Eh! eh! (s'écrie de nouveau
le marin, cette fois avec l'accent
de la persuasion, mêlée cependant
de quelque doute.)

— Ils arrivent d'Irlande.

— Oh! oh !... (s'écrie encore
le marin avec l'accent de la joie la
plus vive.)

L.   5*

Et dans son transport, il se lève précipitamment... pousse le gascon, dont le bras portait horisontalement sur la tête du vieux musicien-compositeur, son voisin... la tasse se renverse... le thé se répand, le gascon s'effraie... le musicien crie... le marin jure... tout le monde s'étonne... se lève, se regarde, s'interpelle.... tableau général!!!

CHAPITRE XII.

Dispute.

« CADÉDIS qu'est-cé qué célà? » demande le gascon en examinant d'un air piteux le vide de sa tasse.

— Peste soit du butor ! s'écrie d'un côté le compositeur.

— Le diable emporte le maladroit, s'écrie de l'autre notre marin.

Et tous deux en même temps désignent le pauvre Dulac à la vindicte générale.

On l'accuse, il se défend; on l'interpelle, il riposte : l'hôte se

met de la partie ; afin de ne point
rester oisifs dans l'action, les autres convives, que tout ce tinta-
mare ennuie et qui sont pressés de
déjeûner, demandent à grands cris
la clôture de la discussion. Tout le
monde parle à la fois, on ne s'en-
tend plus... le tumulte est à son
comble.

En vain la gentille hôtesse, agi-
tant de nouveau sa pacifique sonnette, cherche à rétablir le calme
dans l'assemblée ; on méconnaît
son pouvoir de présidente, et sa
voix conciliatrice se perd au milieu du bruit. Enfin, elle profite
d'un moment de silence :

« Eh! messieurs, que veut dire

« ce vacarme affreux? qu'est-il
« donc arrivé? qui de vous est
« l'auteur des plaintes que j'en-
« tends de toutes parts?

— C'est monsieur, répliquent
à la fois le compositeur et le marin,
montrant toujours le gascon.

— C'est monsu! dit à son tour
l'enfant de la Garonne, en montrant le marin.

— Son bras s'est maladroite-
ment trouvé sur mon passage, reprend ce dernier.

— Jé crois vien, vous m'avez
poussé lé coudé.

— Ce n'était pas une raison pour
m'inonder de la sorte, ajoute le
musicien en colère.

— Ah ! pardon, jé vais vous essuyer.

Dulac prend sa serviette et s'en sert comme d'une éponge pour sécher le chef humide de son antagoniste ; mais,

« Voici bien une autre fête ! »

Quel est l'étonnement de Dulac et l'hilarité des assistans, lorsqu'en tirant à lui la malencontreuse serviette, il découvre une tête entièrement pelée, une véritable *tête à perruque !* honteux de sa nudité cérébrale, le musicien entre dans une nouvelle fureur contre le gascon, et lui arrache des mains la chevelure postiche.

« *O perruque ma mie!* s'écrie-
« t-il avec une douleur comique;
« c'était bien la peine de te faire
« accommoder et friser à neuf ce
« matin! te voilà maintenant dans
« un bel état. Voyez plutôt, mes-
« sieurs; elle est toute trempée!
« ah! maudit gascon, *si tu ne me*
« *la paies pas*, je réponds bien que
« *tu me le paieras!*

— Mais, monsu...

— Le maladroit!...

— Monsu!...

— L'impertinent!

— Monsu!...

— Dans quel état me présente-
rai-je ce soir au concert? Sans
perruque!... cette idée seule serait

capable de me faire dresser les cheveux.

— Oui; si vous en aviez ! (et tout le monde de rire aux éclats à cette saillie gasconne.)

—Ah ! des injures par dessus le marché ! c'est à merveille, mon petit monsieur de la Garonne; vous allez m'en rendre raison tout à l'heure.

— Eh ! sandis !.... vous plaisantez jé crois.

— Non, monsieur, je parle très-sérieusement au contraire ; vous voudrez bien, je pense, me faire l'honneur de vous couper la gorge avec moi?

— Bel honnur ! (se tournant

vers le marin :) eh vien ! monsu...
voilà votré ouvragé; il mé semblé...
qué jé puis m'en prendre à vous,
car enfin...

— Monsieur, je suis prêt à vous
donner toute satisfaction...

— Jé né dis pas céla...

— Messieurs, vous êtes témoins
que monsieur m'a provoqué ?

— Du tout, monsu, du tout.

— Pardonnez-moi; soyez tranquille....., tout se fera dans les
règles..,

— Il n'est pas question...

— Si fait, si fait... déjeûnons
d'abord... nous nous battrons
ensuite.

— Sé vattré... jé n'ai plus faim..

I.   4

— Je vois que monsieur est pressé... en ce cas, partons sur le champ.

— Non, monsu... vien réfléchi, jé préféré déjeûner.

La contenance embarrassée du gascon, et l'absence subite de son appétit, (car les morceaux demeuraient tout entiers sur son assiette), divertissaient beaucoup les convives; on attendait avec une curieuse impatience le dénouement de cette scène tragi-comique.

Enfin, on se lève de table; Dulac commence à changer de couleur; il pâlit, il frissonne, il se croit déjà mort. Il cherche pourtant à se donner du courage, mais le courage ne *se donne pas !*

∞∞∞∞∞∞∞∞∞∞∞∞∞∞∞∞∞∞∞∞∞∞∞∞∞∞

CHAPITRE XIII.

Comment se tirer de là ?

« Allons Dulac, mon ami,
« payons d'audacé s'il est possiblé,
« et tâchons dé faire contré for-
« tuné bon cur. »

C'est ainsi qu'en causant avec lui-même, notre gascon s'efforçait d'imposer silence à sa poltronerie naturelle et de prendre un air belliqueux qui pût du moins en imposer aux deux terribles champions, ses adversaires.

« Eh bien ! messieurs, partons-

« nous ? dit le musicien en pliant
« sa serviette. »

— Je vous suis, répond le
marin.

— Nous vous suivons, (répète
Dulac, en affectant une assurance
qu'il est loin d'avoir). Jé vous démandérai seulément la permission
de choisir monsu Flanberck pour
mon sécond... passez-donc *lé pré-
mier*, monsu le compositur.

— Après vous, monsieur le
gascon.

— Vénez-vous, mon cher Flanberck ?

— Mais, monsieur Dulac, je ne
sais trop si je dois.. (*s'adressant à*

sa femme) : qu'en pense madame Flanberck ?

— Tu ne peux refuser mon ami... c'est l'usage. (*Bas et vivement*) : d'ailleurs, il est probable que l'affaire s'arrangera sous tes auspices... le raccommodement se fera.. dès-lors, le repas obligé pour cimenter la bonne intelligence... et...

— Tu as raison. (*Haut*): *Dictum est*, c'est dit... messieurs, c'est du latin...

— Dé cuisine... n'est-cé pas ? eh ! donc, en avant... jé marché gaiement au combat, commé vous voyez !

On quitte l'hôtel de l'Europe ;

on arrive sur le terrein ; le musicien compositeur quitte lestement
son habit, et invite le gascon à sui-
vre son exemple.

DULAC.

Pardon, monsu, jé né mé des-
habille jamais en public.

LE MUSICIEN.

Mais, monsieur, la coutume
veut cependant...

LE MARIN.

Sans doute.

DULAC.

Permettez, messieurs... la *cou-
tumé veut*, à la bonne hure... mais
d'un autre côté la *décence exigé*...

LE MUSICIEN. (*vivement*).

Eh! monsieur, il n'est pas ici

question de décence... il s'agit de se battre et voilà tout.

DULAC.

Voilà tout, voilà tout ! c'est bien assez commé céla sandis. Jé vous préviens au surplus qué jé suis très-suscéptiblé...

LE MARIN.

Raison de plus pour se battre...

DULAC.

Vous né m'entendez pas, jé suis très-susceptiblé.... dé m'enrhumer.

LE MUSICIEN, (*avec ironie.*)

La défaite est honnête !

LE MARIN.

Elle ne peut être que celle d'un lâche.

DULAC.

D'un lâché, monsu...!

LE MUSICIEN.

Allons, en garde!

LE MARIN.

Oui, oui, en garde!

MAITRE FLANBERCK, (*à Dulac.*)

Il me semble que vous trem-
blez, monsieur Dulac.

DULAC.

Croyez-vous?... en cé cas, c'est
donc dé furur?

LE MUSICIEN ET LE MARIN (*ensemble*).

En garde! en garde!

DULAC.

Puisque ces messieurs sont pressés d'en finir... jé dégaîné. (*A
part.*) O mon bon ange! né m'a-
bandonné pas!...

CHAPITRE XIV.

Gasconade.

Au moment de croiser le fer avec le musicien, Dulac s'arrête tout-à-coup comme frappé d'une réflexion importante et subite; il fait un geste de la main :

« Uné minuté, dé grâcé, monsu « le compositur, uné pétité mi- « nuté ! »

Puis, s'approchant de monsieur Flanberck, il le regarde d'un air de compassion :

« Embrassons - nous, mon cher

« hôté, lui dit-il en lui serrant la
« main, faites des vœux pour moi...
« jé vous lé conseillé vien sincé-
« rément... car, sandis, si jé suc-
« combé... c'est vous surtout qué
« jé plains... et dé touté mon âme...
« vous perdrez plus qué votré ser-
« vitur... (*au musicien* :) Monsu,
« jé suis désormais à vos ordres. »

MAITRE FLANBERCK (*se mettant*
entre eux).

Un instant, messieurs, un instant, que diable, expliquons-nous !
dites-moi, monsieur Dulac, qu'en-
tendez-vous par ces mots : « Vous
« perdrez plus que moi »?

DULAC.

Rien, rien du tout, mon cher

hoté... rappélez-vous qué jé suis
votré débitur... jé né vous dis qué
céla... (*Au musicien.*) Quand vous
voudrez, monsu...

MAITRE FLANBERCK.

Arrêtez, je vous prie....

DULAC.

Impossiblé, mon cher, impossiblé! l'honnur parlé, il doit être
obéi! (*Au musicien.*) Monsu, jé
vous invité à vous effacer.

MAITRE FLANBERCK.

Eh! messieurs, modérez-vous,
je vous en supplie... que diable...
comme vous y allez! j'ai deux
mots à vous dire, monsieur Dulac, avec la permission de votre
antagoniste.

LE MUSICIEN.

Soit.

DULAC.

Jé suis lancé, mon cher hôté...
rien né peut plus m'arrêter... cependant... jé veux bien, par obligeance, fairé trèvé un moment à
mon humur martiale..... Dé quoi
s'agit-il? voyons.

MAITRE FLANBERCK.

Vous dites, monsieur Dulac, que
vous me devez...

DULAC.

Hélas! oui, mon cher hôté, un
mois dé logémént et dé nourriture:
or, jé né possèdé pas une obolé;
mais c'est égal; j'étais bien sûr dé
fairé mon chemin et dé vous sol-

der générusement... mais, sandis, si monsu lé compositur s'avisait dé mé méttré à l'ombré, adieu votré créancé...

MAITRE FLANBERCK.

Diable, diable ! est-ce qu'il n'y aurait pas moyen d'arranger cette affaire-là ?

LE MUSICIEN.

Non, non ; j'en jure par ma perruque !

DULAC, *tremblant.*

Vous voyez, maîtré Flanberck, cé n'est pas ma fauté ; ténez, jé consens, en votré favur, à fairé sur mon courage un effort bien pénible, afin dé vous rendré ser-vicé... (*s'adressant au musicien*):

Monsu lé compositur, lé ciel m'est témoin qué je né réculé jamais ; cépendant, la situation difficilé dé mon cher hôté mé touché et m'attendrit... D'aillurs, la délicatesse et l'honnur mé font un dévoir d'acquitter envers lui la detté dé la réconnaissancé... Je né crains pas la mort sans douté... mais jé tiens beaucoup à la vie, puisqué mon existencé seulé peut servir dé garantie à cé brave hommé pour cé que jé lui dois... Or, voici lé traité qué jé vous proposé. *Article premier* : Monsu lé compositur mé pardonné ma maladressé, d'une part ; dé l'autré, jé pardonné à monsu lé marin sa vivacité, eh !

donc... céla se compensé. *Article*
sécond ...

LE MARIN, *l'interrompant.*

Comment, vous me pardonnez !
qu'est-ce à dire, s'il vous plaît ?

DULAC.

Né vous fâchez pas... rémettons
flambergé au vent si céla peut vous
êtré agréable. Grâcé à Diu, j'ai du
cur; mais cadédis, foi dé Gascon,
la partie n'est pas égalé entré
nous...

LE MARIN ET LE MUSICIEN, *ensemble.*

Comment ?...

DULAC.

J'ai trop d'avantagé sur vous;
voilà ce qui mé chagriné...

LE MARIN, *raillant.*

En vérité...

DULAC.

Sans douté... par exemplé, monsu le marin.. jé vous lé démandé..
vous avez dé la fortuné, n'est-cé
pas?...

LE MARIN.

Elle est considérable,

DULAC.

Jé vous en félicité... uné famillé
peut-être...

LE MARIN, *soupirant.*

Hélas !

LE COMPOSITEUR,

Je suis époux et père...

DULAC.

C'est à merveillé... eh vien! moi,
mon cher monsu... jé n'ai rien dé

tout céla. Jé suis un pauvré diablé,
lancé par lé hasard aveuglé sur la
machiné rondé... où jusqu'à présent jé n'ai pu attraper ni parens
ni richesses... vous voyez vien qué
jé risqué moins qué vous. Or, j'ai
trop dé grandur d'âmé pour con-
sentir à cé combat inégal. Quant
à vous, monsu lé compositur... jé
n'ai qu'uné pétité observation à
vous adresser ; jé n'ai pas du tout
l'oreillé musicalé, jé vous en aver-
tis, cé qui fait qué jé né suis pas
pour lé moment, *en mesuré*... dé
mé vattré !

TOUS.

Ah! ah! ah! ah! le drôle de
corps!

I.   4*

DULAC, *laissant tomber son épée.*

Nous rions?.. eh! donc, nous sommés désarmés!... touchez-là, dignés adversairés .. tout est oublié... jé mé suis conduit en galant hommé... j'espèré.

LE MARIN, *riant.*

Oui, mon cher Dulac, gasconade à part.

LE MUSICIEN.

Ah ça! messieurs, et ma perruque?...

DULAC.

Eh! bon Diu, c'est mon premier métier! jé mé chargé *d'accommoder votré coïffure...* vous voyez qué je suis *accommodant.*

MAITRE FLANBERCK.

C'est fort bien... mais mon mémoire?

LE MARIN.

Soyez tranquille, maître Flanberck, nous compterons ensemble.

DULAC.

Vivat! en cé cas vous né comp-
terez pas.... *sans votré hôté.*

~~~~~~

CHAPITRE XV.

Reprenons notre sérieux.

Les divers personnages que nous venons de mettre en scène, se rattacheront plus tard à l'action principale; il était donc utile de fixer le lecteur sur le caractère de chacun d'eux. Maintenant que la connaissance est faite, il suffira de dire qu'on revint bras dessus, bras dessous, et dans la meilleure intelligence, à l'hôtel de l'Europe.

A peine arrivé, le premier mot du marin fut pour s'informer au

sujet du jeune étranger. Mme. Flanberck lui répondit qu'il avait refusé de descendre, et qu'il ne voulait recevoir personne.

« Il faut pourtant que je lui
« parle... il m'entendra... je le
« veux... il le doit. »

— Il s'est enfermé dans sa
chambre.

— Eh bien !... je frapperai.

— Mais s'il n'ouvrait pas ?...

— Alors, c'est différent... il
faudrait bien me résoudre...

— A vous retirer ?...

— Non pas... à enfoncer la
porte.

— Jolie manière de se présen-
ter chez les gens !

— C'est la mienne.

— Mais le scandale ?

— Je m'en moque !

— Ce jeune homme se fâchera.

— Cela me regarde.

— Il quittera mon hôtel.

— Que vous importe ?

— Il aurait peut-être fait de la dépense...

— J'en ferai pour deux.

— Et sa générosité...

— Voici ma bourse.

— Je ne sais si je dois ?...

— La prendre, et vous taire.

— Vous tranchez bien vite la question.

— Je suis expéditif.

— Il y paraît.

— Et sans façons.

— Cela se voit de reste.

— Il suffit ; montez avec moi.

— Mais... monsieur !...

— Que de raisons !... Eh ! parbleu ! restez si bon vous semble... à votre aise.... au surplus , j'irai bien tout seul.

—Millé pardons dé vous interrompré, monsu lé marin (dit alors Dulac, d'un air humble et modeste ; mais si jé mé permets dé prendré la parolé , c'est uniquément dans vôtré intérêt, jé vous jure. Eh donc, uné pétité question, pas davantagé.

LE MARIN.

Expliquez-vous.

DULAC.

D'abord, si cela né vous gêné pas trop, jé vous démandérai votré nom ; ce n'est point curiosité dé ma part, fi donc, monsu ! seulément on est vien aisé dé pouvoir interpeller dé temps en temps son interlocutur... vous comprenez?..

LE MARIN, *souriant.*

Sans doute, et jé suis prêt à vous satisfaire sur ce point... je me nomme Joseph Kersalin, natif de Quimper, en France.

DULAC.

Vous êtés françaisé !.. Embrassons-nous, mon cher compatrioté, car enfin nous sommes du mêmé pays... à cette différencé près, cépendant, que jé pris naissance dans *la hauté Gascogné*... et vous dans *la bassé Brétagné*...

LE MARIN, *souriant.*

Bagatelle...

DULAC.

Qui né doit pas, jé pensé, em-pêcher l'accoladé dé rigur?..

LE MARIN.

Non, certes. (*Ils s'embrassent.*)

DULAC.

A présent, révénons, je vous prie, à cé qué je voulais savoir tout à l'hure. Dités-moi, vous ténez donc beaucoup à voir cé jeuné étranger?

LE MARIN.

J'y tiens infiniment.

I.   5

DULAC.

Est-cé dans une intention hos-
tilé ?

LE MARIN.

Au contraire, c'est pour le ser-
rer dans mes bras et lui prouver
ma reconnaissance.

DULAC.

Votré réconnaissancé !...

LE MARIN.

Je lui dois tout ce que je possède... tout, jusqu'à mon existence!

DULAC.

C'est quelqué chosé.

LE MARIN.

Écoutez-moi tous.

———

CHAPITRE XVI.

Récit de M. Kersalin.

APRÈS avoir toussé, craché, s'être mouché deux ou trois fois èt recueilli quelques instans, M. Kersalin se dispose à prendre la parole. Tout le monde se rapproche avec intérêt, et se groupe autour de lui ; le musicien lui-même consulte sa montre par mesure de précaution, dans la crainte de manquer ses écoliers, et va s'asseoir ensuite entre Dulac et la gentille hôtesse, tandis que maître Flanberck, debout derrière sa tendre

moitié, prête une oreille attentive
au récit du marin. Celui-ci s'ex-
prima de la sorte :

« Il n'est point ici-bas de bon-
« heur sans nuage. Incontestable
« vérité dont je suis moi-même
« une preuve éclatante !... Oui,
« mes amis, car ne vous imaginez
« pas que la fortune ait oublié en
« ma faveur son inconstance habi-
« tuelle; plus que tout autre, au
« contraire, je fus le jouet de ses
« caprices. Tantôt, me prodiguant
« ses bienfaits et ses dons, tantôt
« m'accablant des coups les plus
« funestes, elle parut longtemps
« se complaire à tromper égale-
« ment mon espoir et mes craintes.

« Le goût des voyages, des dé-
« couvertes, des expéditions loin-
« taines, au sein des mers les plus
« orageuses, fut chez moi un goût
« vraiment inné ; il se déclara dès
« ma plus tendre enfance, et se
« développant chaque jour davan-
« tage, en même temps que mes
« facultés et mes forces, il grandit,
« pour ainsi dire, avec elles. Il de-
« vint si prononcé par la suite,
« que, cédant à son impulsion puis-
« sante, je m'échappai de la mai-
« son paternelle, à l'âge de quinze
« ans à peine, pour aller m'enga-
« ger, en qualité de simple mousse,
« à bord d'un bâtiment de l'État,
« prêt à faire voile pour le Nou-

« veau-Monde. A l'insu de ma fa-
« mille, je partis... Un mot écrit
« à la hâte, et que j'eus soin de je-
« ter à la poste au moment de
« m'embarquer, fut le seul avis
« que je donnai de mon projet et
« de mon sort.

« A mon retour, au bout de
« deux ans, je fus reçu comme un
« autre enfant prodigue, par l'in-
« dulgence et l'amitié. Le plaisir
« de me revoir fit perdre à mes
« bons parens le souvenir de mes
« torts à leur égard. Cette première
« course décida ma vocation pour
« l'état de marin; mon père ne
« voulut pas s'opposer à mes de-
« sirs, il me confia une petite pa-

« cotille, et me recommandant à
« un capitaine de ses amis, qui
« montait un vaisseau marchand
« destiné à faire le tour du globe,
« il consentit à se séparer de nou-
« veau de son fils bien-aimé ; il
« me donna sa bénédiction, et
« m'accompagnant jusqu'au sor-
« tir de la rade, il me quitta les
« larmes aux yeux et l'esprit frap-
« pé de tristes pressentimens qui ne
« tardèrent point, hélas ! à se vé-
« rifier. »

~~~~~~~~~~~~~~~~~~~~~~~~~~~~~~~~~~~

CHAPITRE XVII.

Suite du récit de M. Kersalin.

« Le succès, dans ce voyage,
« (continua M. Kersalin ,) vint
« couronner toutes mes entrepri-
« ses; j'eus le bonheur de quintu-
« pler mes capitaux, et de revoir
« les côtes de la Bretagne , après
« une absence de plusieurs an-
« nées. Hélas ! un chagrin bien
« amer vint troubler la joie du
« retour ; le sol de la patrie m'é-
« tait enfin rendu... mais je devais
« bientôt l'arroser de mes larmes ;
« le désespoir et le deuil m'atten-

« daient au milieu de mes foyers.

« Je trouvai mon père luttant con-
« tre la mort, et sur le point de
« rendre le dernier soupir. A mon
« aspect, il se ranime et me tend
« les bras... je m'y précipite en
« pleurant... il expire !... J'eus la
« triste consolation de lui fermer
« les yeux ; du moins, une main
« étrangère ne fut point chargée de
« ce devoir pénible et sacré ! mais
« il me fallut tout mon courage
« pour l'accompagner jusqu'à la
« demeure dernière, et pour dire
« un éternel adieu à sa dépouille
« mortelle.

« Envisageant dès-lors, avec
« une sorte de dégoût et d'horreur,

« les lieux témoins de cette perte
« cruelle, je résolus de les fuir à
« jamais. Je vendis mon patri-
« moine, et confiant de nouveau
« ma fortune et ma vie aux ca-
« prices du perfide élément, je tra-
« versai les mers pour la troisième
« fois, courant de périlleux ha-
« sards ; mais toujours servi, ou
« plutôt protégé par le sort, en-
« fant gâté de la Providence, je
« fis les plus heureuses spécula-
« tions.

« Ne voulant pas jouir seul de
« ma nouvelle richesse, je fis choix
« d'une femme dans le pays de mes
« ancêtres ; je devins époux et père.
« Dès-lors, je ne songeai plus à

« m'éloigner. Le ciel lui-même
« semblait sourire à l'union que
« j'avais formée; chaque année
« voyait s'accroître ma petite fa-
« mille. Ce fut dans son sein que
« j'appris à connaître le bonheur
« véritable. Afin de me fixer pour
« toujours auprès des objets chers
« à ma tendresse, je pris le parti
« de faire valoir mes fonds dans le
« commerce; mais, hélas! je ne
« tardai pas à me repentir de cette
« résolution : elle causa ma ruine.
« Une faillite énorme, où je me
« trouvai fortement compromis,
« et quelques opérations dont le
« succès ne répondit point à mon
« attente, vinrent renverser tout

« à coup l'édifice de mes espé-
« rances. C'était un songe flatteur
« qui venait de s'évanouir à ja-
« mais. Mon avenir, celui de mes
« enfans, de ma femme, était
« détruit. Le désir d'assurer du
« moins leur existence, m'inspira
« le courage de m'arracher de leurs
« bras pour aller dans des climats
« lointains, tenter des chances de
« fortune bien incertaines, au ris-
« que d'y trouver un funeste tré-
« pas. Navigateur intrépide, j'eus
« bientôt mis l'immensité des mers
« entre ma patrie et moi.

« Un destin prospère ayant pré-
« sidé à ce voyage, la fortune sem-
« bla me reconnaître de nouveau

« pour son favori ; on eût dit
« qu'elle voulait réparer ses torts
« à mon égard. Comblé de ses fa-
« veurs, je revenais plus riche que
« je n'avais encore été.

« Déjà la *terre promise* se mon-
« tre à mes yeux enchantés. Le
« seul aspect des lieux où respire
« tout ce que j'aime au monde, a
« fait tressaillir mon cœur. O mon
« épouse chérie ! ô mes enfans ! je
« vais donc vous revoir, vous pro-
« diguer mes tendres caresses !...
« Vous ne souffrirez plus... vous
« ne connaîtrez plus désormais les
« privations et les maux de la mi-
« sère... elle ne saurait plus vous
« atteindre ; je vous apporte la ri-

« chesse et le bonheur ! Tout à
« coup le ciel se couvre d'épais
« nuages; il s'obscurcit d'une ma-
« nière effrayante : une tempête
« se prépare; un vent furieux s'é-
« lève, il enfle les voiles de notre
« navire, et agite en mugissant les
« flots qui nous entourent et nous
« pressent. L'éclair brille de toutes
« parts au-dessus de nos têtes ; la
« foudre gronde !... Le port que
« nous cherchions a fui de nos re-
« gards; avec lui s'éloigne l'espé-
« rance : les ténèbres et la mort
« règnent seules autour de nous.
« Tristes jouets de l'aquilon et des
« vagues furieuses, nous sommes
« entraînés et poussés en mille sens

« contraires. Nos mâts sont brisés,
« nos câbles enlevés ; le pilote,
« découragé, abandonne son gou-
« vernail, devenu maintenant inu-
« tile.... Esclaves du hasard, nous
« n'obéissons plus qu'à ses aveu-
« gles lois. Enfin, après huit heu-
« res d'angoisses difficiles à dé-
« crire, un dernier coup de vent
« nous jette contre un récif caché :
« le bâtiment s'entr'ouvre, et nous
« engloutit avec lui dans l'abîme.»

~~~~~~~~~~~~~~~~~~~~~~~~~~~~~~~~~~~~~

CHAPITRE XVIII.

Fin du récit de M. Kersalin.

« SEUL, de mes compagnons,
« j'échappai au naufrage ; je par-
« vins à gagner la terre. En ce mo-
« ment, le soleil brillait sur l'ho-
« rison ; il ne reparut que pour
« éclairer ma ruine et mon déses-
« poir.

« Je me trouvai sur les côtes
« d'Irlande... sans secours, sans
« asile... Il me fallut implorer la
« compassion publique.... je ne
« m'adressai qu'à des cœurs durs
« et farouches : on me refusa jus-

« qu'au pain de la pitié ! Un mou-
« vement de rage s'empare de mon
« âme... semblable à un furieux,
« je précipite mes pas vers le ri-
« vage... une joie sombre agite
«-tout mon être... le néant est de-
« vant mes yeux... il m'attend, il
« m'appelle... Je mesure quelque
« temps, avec une satisfaction dé-
« chirante, le faible espace qui
« me sépare du trépas. Je me dis-
« pose à le franchir... c'en est fait...
« l'éternité va commencer pour
« moi !...

« Quel bras inconnu me retient
« et m'arrête ?... Qui que tu sois,
« assez ennemi de mon repos pour
« m'arracher au bienfait de la

L.   5*

« mort... tremble !.. c'est dans ton
« sang que je veux éteindre le reste
« d'existence qui circule et brûle
« encore dans mes veines !

« Je dis... et me tournant avec
« précipitation, pour accomplir
« mon dessein funeste, je vois un
« jeune homme de dix-huit ou dix-
« neuf ans au plus, entièrement
« vêtu de noir. Son visage pâle, et
« ses traits, qui respirent la mé-
« lancolie, frappent vivement mon
« attention ; l'expression noble et
« touchante de sa physionomie
« désarme à l'instant mon cour-
« roux ; le calme renaît dans mon
« âme, et la raison reprend son
« empire. Alors, le jeune étran-

« ger, d'un accent qui retentit en-
« core aujourd'hui jusqu'au fond
« de mon cœur :

« — Malheureux ! qu'allais-tu
« faire ? s'écria-t-il en me serrant
« la main. Quel démon a pu t'ins-
« pirer le crime affreux que tu
« médites ? crois-tu donc qu'il te
« soit permis de disposer de ton
« existence ? ne crains-tu pas d'ou-
« trager la divinité ? Reviens de
« ton erreur; et si l'infortune t'ac-
« cable de son poids cruel, mortel
« né pour souffrir, imite mon
« exemple, et résigne-toi.

« — Me résigner ! répondis-je,
« lorsqu'un seul instant me fait
« perdre le fruit de mes longs et

« pénibles travaux ! lorsqu'une
« femme et des enfans que j'aime
« meurent de besoin peut-être;
« qu'ils m'appellent de leurs cris
« déchirans... et qu'ils m'appel-
« lent en vain, car l'Océan nous
« sépare ! me résigner !... non,
« non... je n'ai plus qu'à mourir !...

« — Que te manque-t-il pour
« être heureux ! de l'or ! suis-moi,
« tes desirs seront satisfaits.

« Sans me laisser le temps de
« répondre, il m'entraîne... Nous
« traversons des rues, des places
« publiques; enfin, nous nous ar-
« rêtons devant une habitation
« d'assez belle apparence. Un vieil-
« lard vénérable vient nous ouvrir;

« le jeune homme lui parle un mo-
« ment à l'oreille ; aussitôt il s'in-
« cline d'un air respectueux, passe
« dans un cabinet voisin de la
« chambre où nous étions, et ne
« tarde pas à revenir un porte-
« feuille à la main.

« Prenez ce portefeuille, me dit
« l'étranger, il renferme pour
« deux mille livres sterlings en bil-
« lets de banque : c'est la moitié
« de ce que je possède. Il doit sor-
« tir aujourd'hui de notre port
« plusieurs bâtimens ; embarquez-
« vous sur le premier qui va met-
« tre à la voile... Allez, et priez
« pour l'Orphelin.

« En achevant ces paroles, il me

« congédie. Étonné, interdit de
« cette singulière aventure, il me
« fut impossible de prononcer un
« seul mot pour exprimer ma re-
« connaissance. Immobile et muet
« de surprise, je demeurai quel-
« que temps comme sous le charme
« d'un songe flatteur que je crai-
« gnais de voir s'évanouir à mon
« réveil. Lorsque je reportai les
« yeux autour de moi, je me trou-
« vai seul dans l'appartement; mon
« bienfaiteur avait disparu, ainsi
« que le vieillard. Il avait sans
« doute voulu se dérober à mes
« remerciemens. Après avoir béni
« le sort qui me rendait ses bonnes
« grâces, je me hâtai de gagner le

« port. J'eus bientôt fait prix avec
« le capitaine d'un navire qui n'at-
« tendait pour partir que la marée
« montante. Au bout de quelques
« heures, nous étions en pleine
« mer. La traversée fut on ne peut
« plus heureuse; je revis la France
« et ma famille chérie. Ne voulant
« plus désormais me séparer de
« ma femme et de mes enfans, je
« les emmenai lors d'un nouveau
« voyage que j'entrepris par la
« suite, et qui devait être le der-
« nier de tous.

« En effet, cette expédition me
« fut si avantageuse, si lucrative,
« qu'un superbe avenir s'ouvrit
« devant moi. Je revenais avec ce

« qu'on appelle une fortune faite...
« Une maladie cruelle m'enleva
« mon épouse et mes deux fils pen-
« dant la traversée du retour. Ju-
« gez de mon désespoir ; ce fut
« pour mon âme une blessure bien
« cruelle... le temps, ce grand
« consolateur de l'humanité souf-
« frante, le temps lui-même n'a
« pu la guérir entièrement !

« Je ne songeai plus à revoir
« mes pénates ; ils ne m'auraient
« offert qu'un vide affreux et l'hor-
« rible image de la mort. J'aimai
« mieux exiler ma douleur sur une
« rive étrangère. Il me restait
« avant tout à remplir un devoir
« bien doux pour mon cœur, celui

« de la reconnaissance. Je me ren-
« dis en Irlande. Une foule de sen-
« timens divers et opposés s'éle-
« vèrent à-la-fois et se combattirent
« dans mon âme, en approchant
« de cette même plage où peu de
« mois auparavant j'avais été jeté
« par la tempête. Alors, le mal-
« heur pesait sur moi... je croyais
« pouvoir défier ses coups désor-
« mais... et pourtant aujourd'hui
« je suis plus à plaindre encore !
« c'est là sur ce rocher qui domine
« la mer... qu'au moment de ter-
« miner une vie importune.... je
« me trouvai comme par enchan-
« tement dans les bras d'un bien-
« faiteur , d'un ami. Qu'il me

I.   6

« tarde de le retrouver ! combien
« je suis ému, troublé à l'aspect
« des lieux qu'il habite. Au mo-
« ment de frapper à la porte d'une
« maison que je reconnais, un
« saisissement involontaire glace
« tout mon être ; un pressentiment
« funeste !... ô mon Dieu ! qu'il
« ne se réalise point !... frappons...
« .... Ce dernier espoir m'est
« donc encore enlevé... je ne le
« verrai point... il est parti depuis
« la veille... Parti ! pour quelle
« contrée de l'univers ?... on l'i-
« gnore... tout ce que l'on peut
« m'apprendre, c'est que sir Ar-
« thur, accompagné d'un vieux
« serviteur, nommé Williams, a

« quitté l'Irlande à bord d'un na-
« vire équipé à ses frais, et dont
« les voiles sont noires... Je m'é-
« loigne désolé... je fatigue l'Océan
« de mes courses incertaines....
« J'arrive enfin à Philadelphie, et
« le récit de Mme Flanberk, ce
« matin, me donne à penser que
« le sort, las de me poursuivre,
« veut bien cesser, pour un mo-
« ment, de se montrer impitoyable
« à mon égard ».

CHAPITRE XIX.

Voyons ce que cela deviendra.

« En vérité, monsu dé Kersa-
« salin (s'écria Dulac, en tirant
« un mouchoir de sa poche), votré
« pétité narration m'a tout atten-
« dri ; voyez plutôt. Jé mé trompé
« fort, ou jé sens couler deux
« grossés larmés dé mes yeux. Eh !
« oui, sandis ! les voilà. Cé n'est
« pas uné gasconnadé ! »

— Il est sûr, dit à son tour le
compositeur, que cette histoire est
fort intéressante.

— Elle nous a vivement émus ,

ajoutent à-la-fois, et d'un commun accord, monsieur et madame
Flanberck.

— C'est bon ! c'est bon ! (reprit
M. Kersalin, avec le ton de brus-
querie qui lui était ordinaire, mais
que le souvenir de ses malheurs
passés lui avait fait perdre un moment.) Rappelez-vous, s'il vous
plaît, messieurs, et vous aussi,
madame, que je ne vous demande
pas de complimens, mais seulement des conseils ; j'ai grand besoin des uns, et je me passerai très-
volontiers des autres, dont je n'ai
que faire. Ainsi donc, partons de
ce point.

DULAC.

Monsu dé Kersalin raisonné
merveillusement, et quant à moi,
jé mé rangé tout-à-fait dé son bord.
Eh! donc, voici mon *ultimatum*
en cetté circonstancé : puisqué
vous désirez vivément d'avoir uné
entrevue avec cé juné hommé, il
faut mettré tout en uvré pour vous
procurer cé bonhur, rien dé plus
justé. Mais, puisqué vous lé con-
sidérez commé votré bienfaitur,
vous né songez sans doute pas à
lui fairé dé la peiné. Or, jé né
crois pas qu'il fût très-flatté dé
votré visité, si vous cherchiez à
vous introduiré de vivé forcé auprès dé lui.

M. et Mme. FLANBERCK.

Cet avis est aussi le nôtre.

LE COMPOSITEUR.

C'est le mien également.

DULAC.

Enchanté, certainément, d'obténir votre approbation.

M. KERSALIN, *à Dulac.*

Poursuivez.

DULAC.

Jé né demandé pas mieux. J'imaginé uné innocenté rusé qui réussira, foi dé Gascon !

M. KERSALIN.

Une ruse ! et laquelle ?

DULAC.

Avant dé m'expliquer davantagé, il est essentiel dé savoir si

monsu lé Compositur voudra vien
nous accorder quelques hures de
sou temps.

LE COMPOSITEUR.

Impossible, et mes cachets?

DULAC.

Miséré qué céla..... Nous vous
indemnisérons, mon cher, nous...
C'est-à-dire, monsu Kersalin vous
indemniséra; son cur est généreux
et sa boursé pésanté... *Sufficit!*
Vous m'entendez?

LE COMPOSITEUR.

Mais encore!....

DULAC.

J'ai fait un peu dé tout, dans
ma vie, mêmé des vers, tant bien
qué mal. Nous allons travailler

ensemblé... Chargez-vous dé la
musique, moi jé mé chargé des
paroles. Justément, nous avons
là-haut un mauvais clavecin, et
un vieux dictionnairé dé rimes...
Madame Flanberck nous féra mon-
ter deux bouteillés dé Champagné,
chacun la nôtré, pour nous inspi-
rer, et tout ira bien.

M. FLANBERCK.

Je ne comprends pas grand chose
à son projet.

Mme. FLANBERCK.

Ni moi non plus.

LE COMPOSITEUR.

Ni moi.

M. KERSALIN.

Et moi, je n'y comprends rien

du tout ; mais c'est égal, *Voyons ce que cela deviendra.*

DULAC, *au Compositeur.*

Allons, mon cher collaboratur, à la bésogné. Jé vais tailler ma plumé, et mé gratter lé front... Cé sera bien lé diablé... si jé n'enfanté point quelqué chef-d'uvre d'ici à l'hure du souper.

~~~~~~~~~~~~~~~~~~~~~~~~~~~~~~~~~~~~~

CHAPITRE XX.

Sir Arthur reparaît sur la scène.

La nuit qui venait de s'écouler n'avait pas été pour sir Arthur une nuit de repos. Il l'avait passée tout entière dans une agitation extrême, et sans avoir pu fermer l'œil un seul instant. Frappé de l'apparition singulière de la veille, son imagination était remplie d'images effrayantes, et lui faisait voir, dans les ténèbres, mille objets fantastiques ; des fantômes livides et des spectres sanglans. Le bon Williams fut plusieurs fois réveillé par

les sanglots, les gémissemens étouf-
fés de son jeune maître ; plusieurs
fois, il s'était levé pour lui demander s'il avait besoin de ses services,
sans jamais obtenir de réponse de
sa part. Sir Arthur semblait se
complaire dans sa douleur et jouir
de son propre effroi. Les premiers
rayons du jour vinrent mettre un
terme à ses souffrances nocturnes.
Rompant alors le silence, le malheureux orphelin fait un léger
effort pour se soulever de son lit,
et s'adresse en ces termes à son
vieux serviteur :

« O Williams! s'écrie-t-il d'une
« voix faible et mourante, (et
« pourtant une sorte de joie cé-

« leste brille dans ses regards)
« remercie Dieu avec moi.... Il
« m'a donc entendu.... il exauce
« tous mes vœux... Félicite-moi,
« bon Williams ; c'en est fait...
« mes maux vont finir... bientôt,
« oui, bientôt... je rejoindrai ma
« mère au sein de l'Éternel. »

— Que dites-vous ?

— Cette nuit, je l'ai vue... elle
m'ouvrait les bras..... son geste
m'appelait. « Je t'attends, m'a-t-
« elle dit, je t'attends !... » O ma
mère, vous serez obéie... L'âme
de votre enfant se détachera volontiers de cette terre d'exil... Il
lui tarde de s'élancer vers la vôtre..
de se dégager de son enveloppe

grossière... et de se revêtir d'une forme immortelle!...

— Quel trouble vous égare... Mon cher maître, revenez à vous.

— Laisse-moi me recueillir... L'instant du grand voyage appro- che... l'heure de la délivrance a sonné pour moi... Le temps des épreuves est enfin achevé... et je vais recevoir la palme des martyrs.

— Sir Arthur, écoutez-moi. Ne vous laissez point entraîner par cette exaltation dangereuse... Re- prenez vos esprits... Chassez loin de vous les tristes réflexions et les pensées sinistres. Levez-vous et sortons; la fraîcheur matinale ren- dra, peut-être, le calme à votre

imagination en délire. Un étranger
demande à vous parler... daignez
le recevoir, sa conversation pourra
vous distraire... Il a, d'ailleurs,
des communications importantes à
vous faire, et qui doivent, dit-il,
vous intéresser vivement.

— Je ne veux voir personne; en
ce moment, la présence d'un mortel fatiguerait mes yeux... Je n'ap-
partiens plus à la terre.

En achevant ces mots, sir Arthur
était tombé tout-à-coup dans un
assoupissement profond ou plutôt
dans une sorte d'extase dont Williams ne crut pas devoir le tirer.

Cette scène avait précédé le petit complot formé par Dulac, le

Compositeur et M. Kersalin, pour obliger le jeune orphelin à sortir de sa chambre ; complot dont nous allons connaître le résultat dans le chapitre suivant.

CHAPITRE XXI,

La Romance.

Ce sommeil effrayant, semblable à celui de la mort, dura quelques heures. Au bout de ce temps, sir Arthur parut plus calme et plus résigné. Fixant d'un regard attendri le vieillard respectable qui prit soin de son enfance... il lui tend amicalement la main. Williams s'empare de cette main chérie et la baigne de ses larmes. Le jeune homme se lève en silence... et debout contre une de ses croisées qui donne sur la campagne, il

I.   6*

reste comme absorbé dans ses réflexions.

Les accords d'un instrument se
font alors entendre de la chambre
voisine, et viennent l'arracher à sa
rêverie profonde... Un prélude
harmonieux et doux frappe déli-
cieùsement son oreille... il écoute..
on chante une romance...

ROMANCE.

AIR NOUVEAU.

PREMIER COUPLET.

« Prêtez l'oreille à mes tristes accens;
« Redites-les, échos de ces bocages :
« J'ai bien souffert ! l'aurore de mes ans
« Fut obscurci par de sombres nuages. »
« Ce malheureux, flétri par le chagrin,
« Dès le berceau, frappé par l'infortune,
« Et qui vous trouble ici de sa voix importune,
« C'est l'orphelin. »

2e COUPLET.

« Destin jaloux ! quoi ! je n'ai pu lasser
« Ton bras cruel et ton courroux funeste !
« Chagrins amers et des pleurs à verser ;
« Grâce à tes coups, voilà ce qui me reste.
« Mort, prends ta faux, arme-toi, frappe enfin !
« J'ai tout perdu, tout, jusqu'à l'espérance.
« Que mon sort est affreux ! Ah plaignez la
                                        souffrance
            « De l'orphelin. »

3e COUPLET.

Mais il n'est plus… De cet infortuné,
Un marbre froid couvre déjà la cendre.
Voilà sa tombe !.. Au malheur condamné,
Sans nul regret il pouvait y descendre.
Bien jeune encore il hâta son déclin ;
Là, du repos, il goûte enfin le charme.
Arrêtez un moment, et donnez une larme
            A l'orphelin.

La voix a depuis long-temps
cessé de se faire entendre, que sir

Arthur écoute encore... Puis, se tournant vers son vieil ami : « Que « ces paroles sont touchantes ! lui « dit-il ; quel singulier rapport « avec ma situation ! Cette musi- « que a pour mon cœur un charme « inexprimable ; elle fait vibrer « mes sens d'une manière déli- « cieuse. Il me serait bien doux « d'apprendre cette romance... du « moins, je pourrai la redire cha- « que jour, jusqu'au moment heu- « reux et fatal... »

—Cher maître, je comprends votre désir... Il sera rempli.

—Où vas-tu ?

—Je serai bientôt de retour.

Williams sort précipitamment
et va frapper à l'appartement voisin, on s'empresse d'ouvrir... il entre... la porte se referme sur lui.

CHAPITRE XXII.

C'est bien lui!

Nos lecteurs ont déjà deviné que la romance de *l'orphelin* (c'est ainsi que nous l'appelons), n'était pas étrangère au projet de Dulac. Ils ont deviné juste : elle était le fruit de l'inspiration, et devait sa naissance aux talens réunis de notre Gascon et du musicien compositeur. On se doute bien également que cette chambre où vient d'entrer Williams, n'est autre, que celle occupée par M. Kersalin et ses deux compagnons.

Les trois conjurés étaient encore au clavecin, mais déjà presqu'entièrement déconcertés, car ils commençaient à désespérer du succès de leur ruse, lorsqu'ils entendirent quelqu'un marcher dans le corridor, puis s'arrêter devant leur porte, puis enfin frapper. « C'est lui ! (s'écrient-ils avec un mouvement bien marqué de satisfaction, et se levant tous à la fois pour le recevoir) c'est lui !.. » Mais leur attente est déçue ; au lieu du jeune étranger, qu'appelle leur désir curieux, c'est le vieux serviteur seulement, qui s'offre à leurs regards.

« La hardiesse de ma démarche « vous surprend , messieurs, je le

« vois. Veuillez, en faveur du mo-
« tif, excuser ce qu'elle peut avoir
« d'inconvenant et d'inconsidéré. »
Ces paroles furent prononcées avec
autant de bonhomie que de franchise, par le respectable Williams.
« J'ai un maître, continua-t-il, ou
« plutôt un enfant chéri, qui est
« bien malheureux. Longtemps,
« il sut lutter contre le sort injuste
« et se montra plus grand que l'ad-
« versité; mais enfin, le découra-
« gement s'est emparé de son âme....
« il a perdu toute son énergie, et
« regarde l'existence comme un
« fardeau pesant, dont il est im-
« patient de se délivrer. Dans cette
« disposition d'esprit, je saisis avec

« empressement toutes les occa-
« sions de tromper ou du moins de
« distraire sa douleur quelques
« instans. Tout à l'heure, une ro-
« mance, dont le sujet et les pa-
« roles, par un pur effet du ha-
« sard, sans doute, offrent beau-
« coup de rapport avec son affreuse
« situation, est venue frapper son
« oreille, et fixer son attention. Il
« semblait goûter, à l'entendre,
« un charme inexprimable; en l'é-
« coutant, une douce mélancolie
« avait succédé dans son âme, à la
« tristesse noire et profonde dans
« laquelle il était auparavant plon-
« gé. Habitué à lire dans sa pen-
« sée, je n'ai pas eu besoin d'in-

I.

« terroger son désir. Il ne me fut
« pas difficile de reconnaître d'où
« partaient les accens qui avaient
« causé une émotion si vive à mon
« jeune maître... Ils avaient su
« trouver le chemin de son cœur.
« J'ai pris la liberté de venir jus-
« qu'à vous, et j'ose attendre de
« votre obligeance un service qui
« vous paraîtra peut-être fort lé-
« ger, mais dont l'importance à
« mes yeux est extrême. »

M. KERSALIN.

Expliquez-vous?

LE MUSICIEN.

Parlez.

DULAC.

Oui, mon cher monsu, un pétit

mot d'explication dé votré part, nous ferait un sensiblé plaisir;

> Car si l'on vous comprend, l'on né vous
> comprend guère.

WILLIAMS.

Il s'agit seulement de prêter cette romance à mon jeune maître, il ne la gardera que le temps né-cessaire pour la copier, j'aurai soin de vous la rapporter aussitôt.

LE MUSICIEN, *avec intention.*

Rien n'est plus facile sans doute, et c'est une chose toute simple. Il nous le faut avouer cependant, nous eussions préféré que sir Ar-thur fût venu lui-même nous en faire la demande.

WILLIAMS, *surpris*.

Sir Arthur!... vous savez son nom ?

DULAC.

Commé vous dites, mon cher monsu, et nous serions charmés, sandis dé fairé connaissancé avec son *individu*. Né pouvons-nous espérer cet honnur ?

WILLIAMS.

Isolé dans sa douleur, il fuit depuis longtemps la société des hommes. Il ne se plaît que dans la solitude et la retraite. Il préfère les noirs ténèbres de la nuit, à la riante clarté du jour. Il ne reçoit personne, et ce matin encore, il a refusé de voir un étranger, qui,

disait-il, avait une affaire importante à lui communiquer.

M. KERSALIN.

Ce même étranger est encore en
ces lieux ; il est devant vous : c'est
moi.

WILLIAMS.

Vous ! quel intérêt si pressant ?..

M. KERSALIN.

J'attache à cette entrevue ma
tranquillité, mon repos, le bonheur de ma vie entière.

WILLIAMS.

Vous m'étonnez.

M. KERSALIN.

Regardez-moi bien ; mes traits
vous sont-ils absolument incon-
nus ?

WILLIAMS, *avec hésitation.*

Oui.... pourtant..... une idée confuse...

M. KERSALIN.

Je ne vous ai vu qu'une seule fois, un seul instant, et votre image est restée là (*montrant son cœur*), en caractères ineffaçables, à côté de celle de sir Arthur, votre maître. Votre souvenir à tous deux ne sortira jamais de ma mémoire.

WILLIAMS.

Il serait vrai !

M. KERSALIN.

Rappelez-vous, il y a cinq ans, ce misérable naufragé, sauvé de l'infortune et de son propre désespoir.

WILLIAMS.

Eh bien!..

M. KERSALIN.

Depuis cinq ans, j'adresse mes vœux au ciel pour mon bienfaiteur; il ne les a point exaucés, puisque sir Arthur est malheureux. Le besoin de la reconnaissance m'a conduit en Irlande; votre maître et vous n'y étiez déjà plus... je vous retrouve en Pensilvanie.... Je ne vous quitte point que je n'aie satisfait au devoir dicté par mon cœur.

WILLIAMS.

O mon Dieu! je te remercie!

l'ingratitude ne règne pas seule sur la terre... Il existe encore des êtres qui savent se rappeler un bienfait! (*Serrant la main de M. Kersalin avec affection :*) Je rends grâce à la Providence de cette heureuse rencontre. Je dois vous quitter; nous nous reverrons bientôt. Ce soir, à neuf heures, au champ du repos, dans la partie du Sud, à la dixième tombe; ne manquez pas de vous y trouver : adieu.

CHAPITRE XXIII.

Le billet mystérieux.

Avant de se retirer, Williams avait pris sur le clavecin la romance qu'il venait de demander pour son maître. Il avait déjà franchi quelques marches du petit escalier qui conduisait à l'appartement de sir Arthur, lorsqu'il s'entendit appeler par une servante de l'hôtel; il se retourne. « Monsieur, (lui dit la domestique, en « lui remettant un billet cacheté « avec soin, mais sans adresse,) « voici un mot d'écrit qu'un in-

« connu vient de laisser à madame,
« avec prière de la faire tenir à
« votre jeune maître. Il n'a pu le
« désigner par son nom, mais la
« manière dont il l'a dépeint à
« madame ne lui a pas permis de
« douter que ce billet fût destiné
« à sir Arthur. Le voilà, ma com-
« mission est faite; au revoir. »

Le vieillard, étonné d'un semblable message, demeure quelque temps indécis. Que devait-il
faire ? le mettre sans l'ouvrir, sous
les yeux du triste orphelin, ou
bien s'assurer d'avance de son con-
tenu, pour ne rien offrir à son
maître qui pût l'affliger, ou bien
encore ne point s'en charger et le

rendre à l'hôtesse, puisque la lettre était sans suscription? Il se décida pour le premier parti, une voix secrète l'encourageant à n'écouter que son devoir, qui lui prescrivait avant tout l'exactitude et la discrétion.

« Tenez, sir Arthur, s'écria-t-il,
« en abordant le jeune homme,
« voici la romance de tantôt; celle
« dont l'air et les paroles ont si
« bien touché votre âme : il vous
« sera loisible d'en prendre copie
« et d'en répéter les mélancoliques
« accens. Puisse-t-elle quelques
« instans, du moins, faire une di-
« version heureuse à vos pensées
« pénibles, et apporter quelqu'a-

« doucissement aux maux que vous
« souffrez ! »

— Toujours le même, mon vieil
ami. Je reconnais bien là cette sol-
licitude minutieuse de ton dévouement, de ta tendresse.... elle date
des premiers jours de mon enfance... elle ne s'est jamais démen-
tie... Mais qu'est-ce encore ? une
lettre... pour moi ! qui donc peut
m'écrire !...

— Je l'ignore ; on l'a remise à
madame Flauberck.

— Ce billet ne porte point d'a-
dresse ; (*il l'ouvre*) il n'est point
signé... c'est une main étrangère...
lisons :

« Orphelin malheureux, j'ai vu

« couler tes larmes sur la tombe
« de ta mère. Témoin de ta dou-
« leur et de ton désespoir, comme
« toi j'ai gémi... avec toi j'ai versé
« des pleurs... j'ai partagé ton af-
« fliction... j'ai déploré ton sort.
« Je veux soulager ta souffrance...
« Dieu m'en donnera le pouvoir...
« je veillerai sur toi. »

—Je ne reviens pas de ma surprise, dit sir Arthur en achevant
de lire ce billet mystérieux... Quel
être généreux sur la terre daigne
s'intéresser à moi, sans me connaître? Si j'en crois pourtant cet
écrit!... il m'a vu... et c'est au
tombeau de ma mère! cette apparition étrange s'explique mainte-

nant (*Il relit la lettre.*) Il espère soulager ma souffrance !... il n'y parviendra point... mon destin est désormais accompli... le terme de mes maux sera celui de mon existence... il ne peut y en avoir d'autre... il n'y en aura pas d'autre...

— O ciel ! que dites-vous ?

— Calme-toi, bon Williams, ce ciel que tu invoques a déjà prononcé. C'est lui sans doute qui m'inspire une résolution !.. le moment n'est pas encore arrivé. .... Attendons.

~~~~~~~~~~~~~~~~~~~~~~~~~~~~~~~~~~~~~~

CHAPITRE XXIV.

La fosse mortuaire.

Sir Arthur garda le silence le reste du jour. Il paraissait moins agité, moins triste; il eût même assez de tranquillité d'âme pour se mettre à copier la romance de *l'orphelin* toute entière, paroles et musique. Williams était heureux; et silencieux, attendri, jouissait de son ouvrage.

Cependant, les heures s'écoulent... la nuit arrive par dégrés... L'horloge d'une église voisine frappe neuf coups égaux de son timbre lugubre et sourd... sir Arthur a tressailli... il se lève avec précipitation, et d'une voix étouffée :

« Partons, dit-il à Williams...
« il est temps... partons. »

— Partons, répète le vieux serviteur, avec un soupir que lui arrache l'air sombre et soucieux de de son maître.

Afin de n'être vus de personne, ils prennent le petit escalier, et sortent de l'hôtel par une porte de derrière. Il faisait alors une nuit sombre ; un profond silence régnait dans Philadelphie ; la plupart des habitans se livrait déjà aux douceurs du repos ; les rues

étaient presque désertes; ils eurent
quelque peine à trouver le chemin
du cimetière. Heureusement que
Williams avait eu soin de se munir
d'une petite lanterne sourde qui
servait à éclairer leur marche.

A l'entrée du champ de douleurs,
ils hâtèrent un peu le pas. En tra-
versant la première enceinte, ils
aperçurent dans un endroit où la
terre semblait avoir été fraiche-
ment remuée, une pioche et une
bêche dont s'empare vivement sir
Arthur.

« Tiens, Williams, dit-il avec
« un accent qui déchira doulou-
« reusement le cœur ému du vieil-

I.   7*

« lard, fais-moi le plaisir de te
« charger...

— O mon cher maître, quel est
donc votre dessein ?

— Tu le sauras bientôt. Pour-
suivons notre route.

Et ils continuèrent à marcher
l'un et l'autre en silence...

Tout-à-coup, le jeune orphelin
s'arrête ; il a reconnu la place...
il s'incline avec un respect religieux... demeure quelques instans
immobile et recueilli... puis éle-
vant la voix avec assez de résolution et de fermeté :

« Allons, mon vieil ami, du
« courage, aide-moi. »

— Grand Dieu ! cette fosse que

vous creusez au pied de la tombe de votre mère, à qui donc la destinez-vous?

— C'est la mienne.

— O délire affreux!

— Tu te trompes; regarde-moi : je suis calme.

— Et pourtant vous appelez la mort!...

— La mort!.... Non.... je veux m'endormir au sein de l'éternité.

CHAPITRE XXV.

Une reconnaissance.

« Il ne s'accomplira pas ce des-
« sein funeste, s'écrie une voix
« tonnante, que Williams recon-
« naît avec plaisir pour celle de
« l'étranger. (C'était en effet M.
« Kersalin, qui s'offrait aux re-
« gards étonnés de sir Arthur !)
« Je ne souffrirai pas qu'il s'ac-
« complisse. »

SIR ARTHUR.

Qui êtes-vous, monsieur? Que
demandez-vous ?

M. KERSALIN, *vivement.*

Je suis... je suis votre ami. (*Sir Arthur fait un geste d'incrédulité.*) Oui, votre ami.... Je le serai toujours... malgré vous s'il le faut ! en dépit de vous-même, je conserverai ce titre que j'ambitionne avec ardeur. Car j'en suis digne, et vous finirez par me l'accorder, je vous le prédis. Ce que je vous demande, c'est de m'entendre.

SIR ARTHUR, *ému.*

Quel langage !

M. KERSALIN.

Les ténèbres qui nous environnent en ces lieux, ne vous permettent pas de distinguer mes traits, qui d'ailleurs ont peut-être

déjà fui de votre souvenir ; la mémoire du cœur est plus fidèle....
je n'ai point oublié mon bienfaiteur. Un lien sacré, celui de la
reconnaissance, m'attache à vous depuis cinq ans.

SIR ARTHUR.

Depuis cinq ans !...

M. KERSALIN.

Vous avez tendu une main secourable au malheureux naufragé ; le naufragé reconnaissant embrasse vos genoux. Mieux servi par la fortune, il vous offre, à son tour, ce qu'il possède... tout, jusqu'au sacrifice de sa vie. Eh bien !
voyons, parlez ; que répondrez-vous à cela ?

SIR ARTHUR, *attendri.*

Mon ami ! (*il lui tend la main ; M. Kersalin la presse avec trans- port...*) vous n'êtes donc pas in- grat ?

M. KERSALIN.

Pourquoi serais-je un monstre ?

WILLIAMS, *sanglottant, à M. Ker- salin.*

Homme généreux !.. si j'osais...

M. KERSALIN, *s'avançant avec pré- cipitation.*

Ah ! de toute mon âme !... (*il l'embrasse*). Ce bon vieillard vous est attaché... sir Arthur.

SIR ARTHUR.

Il m'a servi de père...

M. KERSALIN.

Il ne vous survivrait pas. (*Sir Arthur se tait, Williams prosterné baigne la terre de ses larmes.* (Ah ça! point de faiblesse ici... que diable, il ne s'agit point de pleurer comme des enfans ou des femmes... et d'ailleurs, cela ne va tout au plus qu'à un marin... *d'eau douce...* laissons de côté les jérémiades et parlons un peu raison; (*d'un ton brusque.*) Dites-moi, sir Arthur, avez-vous perdu la tête? je tranche le mot, comme vous voyez. Que signifient ces apprêts sinistres? Rappelez-vous vos propres paroles; c'est à moi que vous les adressâtes il y a cinq ans,

sur une plage lointaine : « Mortel,
« né pour souffrir (me disiez-vous),
« imite mon exemple, résigne-
« toi, » et c'est vous maintenant
qui vous livrez au découragement,
au désespoir !... C'est vous qui
parlez de finir votre vie ! qui ne
craignez point d'offenser le ciel
par ce lâche désir !

SIR ARTHUR.

Arrêtez, de grâce, et ne m'ac-
cablez point ! Je ne songe pas à
disposer d'une existence qui n'est
point mon ouvrage, je ne veux
pas en éteindre le flambeau....
mais qu'il s'éteigne de lui-même,
comme j'en ai l'espoir.... je ne
chercherai point à le rallumer !

I.   8

Cette fosse mortuaire s'ouvrira pour me recevoir... Là, du moins, je serai pour toujours réuni à ma mère, je reposerai près d'elle! Vous, mes amis, vous jeterez quelques fleurs sur ma tombe, et vous y graverez la *romance de l'Orphelin*.

~~~~~~

CHAPITRE XXV.

Encore la figure blanche.

Sir Arthur avait à peine achevé
ces paroles qu'il se sentit saisir par
le bras ; quelle fut sa surprise, en
se retournant, de voir près de lui,
immobile , cette même figure
blanche dont l'apparition avait si
profondément frappé son esprit la
veille, à pareille heure de la nuit !
En ce moment, la lumière que
portait Williams vint éclairer les
traits du personnage mystérieux...
Sir Arthur ne put se défendre de

quelque émotion à l'aspect imposant d'un vieillard vénérable, dont
le front, sillonné par les ans, était
à-la-fois noble et sévère. Une barbe
longue et épaisse, d'une blancheur
éblouissante, descendait majestueusement sur sa poitrine; une
simple robe de lin, traînante, et
retenue par une espèce de ceinture également de toile; de gros-
sières sandales aux pieds; un am-
ple capuchon rabattu sur le visage
composaient tout son habillement.

« Jeune étranger, dit-il à sir
« Arthur, la douleur vous égare;
« les larmes que vous versez font
« l'éloge de votre cœur et de votre
« piété filiale. On doit respecter

« votre affliction, car la source en
« est pure et sacrée. Mais, en vous
« laissant ainsi abattre par le dé-
« couragement et le désespoir, en
« vous laissant vaincre par la mau-
« vaise fortune, vous semblez re-
« noncer à un avenir moins ri-
« goureux. Cette pensée est un
« outrage fait à votre Dieu ! Vous
« a-t-il donc permis de lire dans
« ses immuables décrets ? Sa pro-
« vidence est infinie ; elle peut
« encore éclater en votre faveur.
« Je compatis à vos maux, et je
« vous apporte des consolations. »
— Des consolations !...
—Elles vous attendent à Éphrata,
— Éphrata !...

— C'est le nom de notre paisible retraite ; l'heureux séjour habité par les Dunkars.

— Eh quoi ! vous seriez Dunkar ? s'écria M. Kersalin, en s'inclinant avec respect, vous feriez partie d'une secte généreuse, amie de l'humanité, et que tous les malheureux de la contrée accompagnent à l'envi de leurs bénédictions.

— J'ai l'honneur d'en être le chef, répondit le vieillard.

— Remerciez le ciel, cher Arthur, reprit M. Kersalin, et prosternez-vous avec moi aux pieds de cet homme vénérable : ayez confiance en ses conseils ; lui seul peut rendre le repos à votre ame si péniblement affectée.

— Relevez-vous, mes amis, mes enfans, et venez dans les bras d'un père ; oui, d'un père, car le chef des Dunkars est celui de tous les infortunés ! Sir Arthur, je vous offre un asile à Éphrata ; vous pouvez y faire transporter les restes précieux de votre mère. Un modeste monument, élevé par nos soins à sa mémoire, deviendra désormais le muet témoin de vos larmes et de vos justes regrets.

— O mon père, comment vous exprimer ma reconnaissance ?

— En acceptant. Demain, au

lever de l'aurore, nous partirons ensemble... Il est temps de se séparer. Adieu.

CHAPITRE XXVI.

Le convoi funèbre.

Le lendemain à la pointe du jour un triste et pieux devoir ramena l'orphelin et son vieux serviteur dans le champ du repos ; le chef des Dunkars les y avaient devancés, accompagné de quelques-uns des habitans d'Ephrata, qui portaient le cercueil de plomb destiné à recueillir la dépouille mortelle de la mère de sir Arthur. Il s'était mis en prières au pied d'un noir cyprès taillé en forme de croix. A

**

l'approche de sir Arthur, il se lève, le presse contre son sein, l'exhorte, l'encourage. Bientôt le convoi se met en marche; M. Kersalin, Dulac, maître Flanberck viennent le rejoindre, et le suivent silencieusement, la tête découverte et le front incliné vers la terre.

Ce cortége funèbre ne tarda point à se grossir d'une foule de personnes d'âges et de séxes différens, attirées sans doute par un mouvement de curiosité, peut-être aussi par un sentiment plus louable; par ce touchant intérêt qu'éprouve souvent l'être généreux et compatissant à l'aspect de l'être malheureux, son semblable et son frère.

CHAPITRE XXVII.

Arrivée à Éphrata.

ENFIN on se sépare aux portes de Philadelphie; on prend congé de l'orphelin, et tout le monde s'éloigne et rentre dans la ville, à l'exception cependant de M. Kersalin, qui veut désormais consacrer à sir Arthur son existence tout entière, et de notre Gascon, qui, comme il le dit assez plaisamment lui-même, ne saurait *vivre* sans l'aimable et généreux compatriote que la Providence

semble lui avoir adressé tout ex-
près pour l'empêcher de mourir
de faim.

Éphrata est distante de Philadelphie de cinquante milles environ.
Nos voyageurs firent le trajet à che-
val et à petites journées. Quelques
heures avant d'être arrivés à leur
destination, ils rencontrèrent une
députation de Dunkars, que l'empressement de revoir leur chef vénérable avait décidés à quitter un
moment leur retraite. On mit alors
pied à terre, et le convoi fit son entrée à Éphrata dans un silence vraiment religieux.

Absorbé dans sa douleur amère,
sir Arthur ne voit rien de ce qui se

passe autour de lui; mais ses compagnons promènent des regards surpris, enchantés sur le site délicieux offert à leur admiration. Bâtie entre deux montagnes, au fond d'une riche vallée, Éphrata présente l'aspect d'un vaste et riant ermitage, et semble jalouse de se dérober aux yeux d'un vulgaire profane. En pénétrant dans son enceinte, on respire un air et plus libre et plus pur. Là règnent toutes les vertus, là se cache le vrai bonheur, celui que donne la tranquillité de l'âme, dégagée des passions vaines qui l'agitent au sein du grand monde et des cités populeuses.

A la voix de leur chef révéré, la foule des Dunkars accourus sur le passage de nos étrangers, écarte ses rangs, et leur fait place jusqu'au temple sacré, dont les portes s'ouvrent bientôt pour recevoir le funèbre convoi.

~~~~~~

CHAPITRE XXVIII,

ET DERNIER DU PREMIER VOLUME.

L'Homme du précipice.

Au moment de pénétrer dans le temple, les yeux de nos voyageurs se portent machinalement sur la cime d'une haute montagne qui domine la vallée; ils sont frappés de la vue d'un homme de haute stature, revêtu de la robe des Dunkars, et dont le reste de l'habillement est de tous points semblable à celui adopté par les autres habitans d'Ephrata.

Assis ou plutôt suspendu sur le bord d'un ravin profond, il semble plongé dans une méditation sombre. Il en est subitement tiré par le son éclatant des cloches; ce signal annonce l'heure de la prière. Sa tête était tristement penchée sur sa poitrine : il la relève avec précipitation, fixe un moment le ciel avec l'expression de la douleur et du désespoir; puis, d'une course rapide, il s'élance de rocher en rocher, franchit des torrens, des abîmes, et disparaît au fond d'un précipice effrayant.

Sir Arthur et ses compagnons jettent un cri de terreur. Quelques Dunkars, qui ont aperçu leur mou-

vement et lu dans leur pensée, se
hâtent de les rassurer en ces termes:
« Soyez sans crainte, il ne court au-
« cun danger ; c'est *l'Homme du*
« *précipice!!!* »

FIN DU PREMIER VOLUME.

TABLE

DES MATIÈRES

DU PREMIER VOLUME.

---

www.ingramcontent.com/pod-product-compliance
Lightning Source LLC
Chambersburg PA
CBHW070843030726
47504CB00005B/1206